W0316687

NASHIKI Kaho

L'Eté de la sorcière

Roman traduit du japonais
par Déborah Pierret-Watanabe

Éditions Picquier

DE LA MÊME AUTRICE
AUX ÉDITIONS PICQUIER

Les Mensonges de la mer

Titre original : NISHI NO MAJO GA SHINDA - Nashiki Kaho Sakuhinshu by Kaho Nashiki

© 2017, Kaho Nashiki

© 2021, Editions Picquier
pour la traduction française
Edition française publiée avec l'autorisation de SHINCHOSHA Publishing Co., Ltd., par l'intermédiaire du Bureau des Copyrights Français, Tokyo.

© 2024, Editions Picquier
pour l'édition de poche

Mas de Vert
B.P. 20150
13631 Arles cedex
www.editions-picquier.com

llustration de couverture : © Justyna Holubowska

Conception graphique : Picquier & Protière

ISBN : 978-2-8097-1651-1
ISSN : 1251-6007

I

La Sorcière de l'Ouest est morte

La Sorcière de l'Ouest est morte.

Le quatrième cours de la journée, un cours de sciences, était sur le point de commencer quand la secrétaire invita Mai à venir dans son bureau pour lui annoncer que sa mère allait bientôt venir la chercher. Elle lui demanda de préparer ses affaires et d'aller l'attendre devant les portes du collège. Il s'était passé quelque chose.

Mai attendait donc sa mère, emplie d'un sentiment de gravité empreint d'excitation, comme lorsque la morne routine de l'existence prend tout à coup un tournant dramatique et que l'inquiétude et l'espoir se retrouvent entremêlés.

Elle vit s'approcher la Mini vert bouteille de sa mère. Les cheveux et les yeux de Maman, à moitié anglaise, à moitié japonaise, étaient d'un brun très foncé, une couleur qui dégageait une impression beaucoup plus douce que le noir. Mai adorait les yeux de Maman. Or, ce jour-là, elle avait le teint blême et ses yeux avaient l'air terriblement fatigués et sans vie.

Maman arrêta la voiture devant elle et lui fit signe de monter. Nerveuse, Mai se dépêcha de grimper et de refermer la portière. Maman se remit à rouler.

— Qu'est-ce qu'il se passe ? demanda-t-elle craintivement.

Sa mère poussa un profond soupir.

— La Sorcière… a fait un malaise. C'est la fin…

Les bruits et les couleurs du monde tout autour de Mai s'évanouirent subitement. Elle n'entendait plus qu'un bourdonnement ronfler au fond de ses oreilles. Certainement le bruit du sang qui circule dans mes veines, songea-t-elle.

Les sons et les couleurs revenaient petit à petit, mais n'étaient plus les mêmes qu'auparavant. Son monde avait changé pour toujours.

— Est-ce qu'elle est encore… en vie, faillit-elle dire. Elle prit une profonde inspiration. Est-ce qu'elle peut parler ?

Maman secoua la tête.

— J'ai reçu un coup de fil. Une crise cardiaque, apparemment. On l'a trouvée étendue par terre, elle n'avait déjà plus de pouls. On m'a dit que l'hôpital envisageait de faire une autopsie, mais elle était du genre à ne pas en vouloir, alors j'ai refusé.

C'est vrai, elle était de *ce genre-là*. Mai inclina son siège et se couvrit les yeux d'un bras. Son corps était affreusement lourd. Elle était choquée. Plutôt que triste. Six bonnes heures de route les attendaient. Une heure pour atteindre l'autoroute, qu'elles allaient emprunter pendant quatre heures, puis encore une heure après l'avoir quittée. Un voyage qui allait être pénible en Mini. C'était une voiture si basse qu'on avait l'impression de se déplacer en rampant sur le sol.

Mai laissa retomber son bras à côté d'elle et regarda à travers le pare-brise. Quelques gouttes de pluie commençaient à s'y installer. Maman n'avait pas encore démarré les essuie-glaces. La veille, ils avaient annoncé le début de la saison des pluies à la télé. Non, ce n'était pas à la télé, c'était l'agence météo.

La pluie, de plus en plus forte, brouillait le paysage qui défilait derrière la vitre. Maman n'avait toujours pas mis les essuie-glaces.

Mai lui lança un regard furtif. Elle pleurait. Sans bruit. Comme si les larmes coulaient d'elles-mêmes. C'était sa façon de pleurer. Elle l'avait déjà vue pleurer il y a longtemps de cela.

— Les essuie-glaces, chuchota Mai.

Maman eut l'air complètement perdue, l'espace d'une seconde. Elle prit d'abord conscience de ses larmes, puis du monde extérieur.

— Ah oui, il pleut, remarqua-t-elle quelques instants plus tard en les activant.

Les gouttes de pluie furent balayées, le jeune feuillage des platanes qui bordaient la route apparaissait, se troublait, apparaissait, se troublait.

Les bourgeons des platanes lui évoquaient inexplicablement l'*éclatement* de quelque chose. Mai tira un mouchoir de sa poche et le lui tendit distraitement.

— Merci.

Maman, qui avait répondu par réflexe, garda une main agrippée au volant et essuya ses larmes de l'autre.

Mai avait l'impression que son corps s'enfonçait de plus en plus. Elle commença à se rappeler les vacances passées deux ans plus tôt chez sa grand-mère. Presque un mois entier, au moment de l'année où l'on entrait dans l'été, la même saison que maintenant. Les odeurs ressurgirent au creux de ses narines, celles de la maison et du jardin, la lumière, la sensation du vent qui lui caressait la peau... plus que des souvenirs, c'était comme si son corps tout entier était brusquement ramené dans le passé, comme aspiré en arrière par une force incroyable.

Maman lui avait une fois confié, d'un air très sérieux, que sa grand-mère était une véritable sorcière, et depuis lors, quand elles n'étaient que toutes les deux, elles l'appelaient toujours la Sorcière de l'Ouest.

Deux ans plus tôt. Mai venait tout juste d'entrer au collège. Au début, ce n'était que l'asthme habituel provoqué par le changement de saison. Mais même une fois les crises atténuées, elle ne voulait toujours pas retourner en cours. La seule idée d'y aller lui donnait l'impression de suffoquer.

Maman était contrariée. Mais elle a toujours fait preuve de sagesse. Elle n'avait pas dépensé son énergie inutilement en la grondant ou en cherchant à l'apaiser ou la cajoler. La seule fois où elle avait laissé entendre qu'il vaudrait peut-être mieux qu'elle retourne bientôt en classe, Mai l'avait regardée droit dans les yeux.

— Je n'irai plus à l'école. Là-bas, ce n'est rien qu'un lieu de souffrances pour moi, avait-elle gravement répondu.

Et Maman s'était laissé persuader. D'après ce que sa fille venait de lui dire, l'affaire était grave.

— Je vois. Bon, tu peux manquer l'école pour le moment. Mais les cours ont commencé depuis un mois à peine, il est bien tôt pour tirer une conclusion pareille, tu ne crois pas ? Tu ne dois pas être tout à fait guérie. Peut-être que dans deux semaines, tu te sentiras mieux et tu auras retrouvé la forme.

Etrangement, Maman n'avait pas cherché à connaître la raison pour laquelle l'école n'était rien qu'*un lieu de souffrances* pour Mai. Peut-être qu'elle avait peur de ce qu'elle pourrait apprendre. Comme elle était métisse, elle n'avait jamais vraiment bien réussi à s'intégrer à l'école.

En ce temps-là, et aujourd'hui non plus d'ailleurs, il n'y avait pas d'école dite internationale dans le coin. Peut-être ne voulait-elle pas entendre son histoire pour ne pas revivre ce qu'elle-même avait vécu.

Maman était malgré tout allée à l'université au Japon et avait obtenu son diplôme. Quel courage. Alors que le collège tournait déjà au fiasco pour Mai…

Ce soir-là, Maman avait téléphoné à Papa qui vivait loin de la maison pour son travail. Mai était déjà au lit, mais elle écoutait de tout son être. C'était à peine si elle osait respirer.

— … Oui… Non, elle n'a plus de crises d'asthme, mais elle dit qu'elle n'ira plus en cours… Mais si je suis trop sévère avec elle, on risque d'obtenir l'effet inverse… Pourquoi ? Alors ça… de toute manière, comment dire… elle est beaucoup trop sensible, non ? Elle a sûrement dû se sentir blessée… Elle a toujours été une enfant difficile à comprendre, difficile à vivre… Oui bref, je pensais l'envoyer se reposer chez ma mère à la campagne. L'air est pur, ça ne pourra pas lui faire de mal… Oui, j'ai déjà entendu parler de « phobie scolaire », mais impossible que… jamais je n'aurais pensé que ma fille… Ah ! ça, un vrai pavé dans la mare… Non, non, bien sûr que non, je n'ai pas l'intention d'être aussi catégorique là-dessus… mais elle a toujours été une excellente élève, non ? Impossible que…

Mai avait ensuite entendu sa mère demander à son père des nouvelles de son travail, mais ce sujet n'avait aucune importance à ses yeux. Maman n'était plus fière d'elle. C'était le plus douloureux et ce qui la rendait la plus triste. Elle avait envie de se précipiter hors de son lit pour lui demander pardon. « Pardon, Maman. » *Une enfant difficile à comprendre, difficile à vivre…* Ces mots plongeaient comme une ancre au fond de son cœur. Elle savait que c'était la vérité.

Je dois bien l'admettre, gémit-elle à voix basse.

C'était la première fois qu'elle employait cette expression et elle eut l'impression d'être devenue un peu plus adulte.

Oui… je dois bien l'admettre, souffla-t-elle à nouveau.

Ces mots lui paraissaient désormais être les siens.

De toute manière, cette souffrance n'était rien comparée à celle qu'elle endurait au collège, alors elle pourrait bien la supporter. En plus, Maman avait dit qu'elle allait l'envoyer chez sa grand-mère à la campagne.

Mai avait toujours adoré sa grand-mère. Elle ne ratait jamais une occasion de lui dire « je t'aime tellement, Mamie ! » Jamais elle n'aurait osé faire une telle déclaration à ses parents, elle se serait sentie bien trop gênée. Mais sa grand-mère n'était pas japonaise, voilà pourquoi elle se permettait peut-être d'exprimer ses sentiments sans détour. Ce à quoi la vieille dame, son habituel sourire aux lèvres, répondait invariablement : « *I know.* » *Je sais*. Cet échange, comme un mot de passe connu d'elles seules, était devenu leur petit rituel.

Mai était heureuse à l'idée d'aller passer du temps chez sa grand-mère. Mais une vague inquiétude commençait à poindre en elle. *Vivre ensemble*, ce n'était pas la même chose que lui *rendre visite* de temps en temps.

Une fois qu'elle saurait tout d'elle, sa grand-mère ne risquait-elle pas d'être déçue ? Comme sa mère l'avait été. Il y avait quelque chose d'insondable chez elle, un côté mystérieux et impénétrable, qui l'effrayait un petit peu. Mais c'était aussi l'une des raisons pour lesquelles elle la fascinait tellement.

Le dimanche suivant, Mai est montée en voiture avec sa mère, direction la maison de Grand-mère. Mai et sa famille ne vivaient qu'à une heure de route de chez elle.

Mai avait préparé un sac de voyage et un carton qu'elle avait remplis de manuels et de fournitures scolaires, de vêtements, de mangas et de livres. Elle avait aussi emporté sa brosse à dents et son mug.

— Je suis pratiquement sûre qu'il y a des tasses chez Mamie, tu sais, avait déclaré Maman, étonnée.

Mais emporter son mug préféré lui permettrait de déployer un espace où elle se sentirait « chez elle » et la protégerait de la nostalgie qu'elle savait qu'elle allait ressentir.

Car oui, il lui arrivait parfois de souffrir de nostalgie. C'était peut-être un peu bizarre de parler de nostalgie puisqu'elle avait déjà ressenti cela alors même qu'elle était à la maison. Mais pour elle, cela ne pouvait être autre chose. Une tristesse, un sentiment de solitude absolue qui lui enserraient le cœur et la poitrine.

Elle ne savait pas pourquoi, ni d'où venait ce sentiment, ni même s'il allait se manifester quand elle serait chez sa grand-mère, elle ne savait pas non plus si son mug allait être efficace, mais elle se devait de prendre toutes les précautions possibles, au cas où.

La voiture gravit un long, un très long col, et pénétra dans la montagne.

Un sombre bosquet de bambous surgit tout à coup à leur droite, et Mai aperçut une maison qui tombait en ruines. Des chiens aboyaient dans le jardin.

Maman ralentit et emprunta une allée sur la gauche, à peine assez large pour une Mini. Les érables de chaque côté étendaient leurs branches au-dessus d'elles, formant comme un tunnel protecteur.

Maman négocia un virage en épingle à cheveux. La voiture passa entre les deux piliers d'un portail à peine plus hauts que Mai et si vieux qu'on aurait dit un vestige archéologique, puis s'arrêta.

Elles se trouvaient dans le jardin de devant de chez Grand-mère, au milieu duquel se dressait un énorme chêne enclos par une petite allée, des fleurs et des arbustes d'agrément. Grand-mère sortit de la maison au moment même où Mai ouvrait sa portière.

De larges yeux d'un brun presque noir. Des cheveux châtains, désormais parsemés de fils blancs, ramenés en arrière en chignon. Un grand corps à l'ossature robuste. Grand-mère les observait en souriant, un sourire énigmatique qui ne dévoilait pas ses dents (car oui, son sourire était bien plus qu'un simple sourire).

Maman s'approcha d'elle pour l'enlacer, son bras droit s'enroulant autour des épaules de la vieille dame, le gauche autour de sa taille. Puis elle lui déposa un baiser sur les deux joues avant de se retourner vers Mai, qui s'approcha à son tour.

— Ça faisait longtemps qu'on ne s'était pas vues, Mamie, dit-elle simplement.

— Mais tu es là.

Grand-mère lui avait répondu en japonais puisqu'elle le parlait couramment. Elle prit son visage dans ses mains, un geste doux comme une caresse.

Elles traversèrent le jardin en faisant le tour de la maison pour entrer par la cuisine. La porte vitrée donnait sur une minuscule véranda et il fallait franchir une autre porte avant de véritablement pénétrer dans la maison. Le sol de la cuisine était en terre battue et il était permis de garder ses chaussures.

Une table et des chaises étaient disposées près d'une fenêtre ouverte qui donnait sur le jardin de derrière. Elles s'y installèrent pour boire le thé préparé par Grand-mère et grignoter des biscuits piochés dans une boîte. Depuis leur arrivée, Maman ne tenait que des propos insignifiants – les changements dans les villes qu'elles avaient traversées en venant, la vie et le travail de Papa loin d'elles, les plantes du jardin qui avaient bien poussé –, en un mot, elles ne discutaient que de choses qui ne concernaient pas Mai.

Dans le jardin de derrière poussaient de la ciboule, du poivre Sanshô, du persil, de la sauge, de la menthe, du fenouil, du laurier. Grand-mère n'avait qu'à franchir la porte de la cuisine pour les cueillir quand elle préparait le repas. Mai regardait rêveusement dehors, admirant les plantes vigoureuses caressées par le soleil, avant de remarquer que le cœur du problème n'avait toujours pas été abordé dans la conversation.

Elle se leva et se dirigea vers la petite véranda coincée entre deux portes, un espace ni tout à fait à l'intérieur, ni tout à fait à l'extérieur. Les étagères en bois posées contre les murs de verre étaient encombrées de pots de fleurs, de sécateurs et même d'arrosoirs. Les vitres, au niveau du sol, étaient tachées par des éclaboussures de boue séchées depuis des années. Dans un coin, des mauvaises herbes poussaient entre les briques.

Sa mère avait tout à coup baissé la voix. Ah, peut-être allait-elle enfin parler de son *enfant difficile à comprendre, difficile à vivre*. Mais Mai ne pouvait pas bien entendre ce qu'elle disait.

Elle s'accroupit, observa les mauvaises herbes avec la plus grande attention et remarqua de toutes petites fleurs bleues. On aurait cru la version miniature d'un myosotis. La voix puissante de Grand-mère retentit dans la cuisine.

— Je suis très heureuse de l'accueillir. J'ai toujours été extrêmement reconnaissante d'avoir une petite fille comme elle.

Mai ferma les yeux, prit une profonde inspiration, les rouvrit. Ces petites fleurs bleues étaient vraiment adorables. Elles donnaient l'impression que leur existence resplendissait. Elle enveloppa délicatement la mauvaise herbe entre les paumes de ses mains.

— Mai ! l'appela Maman.

— J'arrive ! répondit-elle en se redressant d'un bond.

— On va faire des sandwichs. Va donc nous chercher de la salade et des capucines dans le potager derrière, lui demanda Maman avec un sourire.

Mai accepta sa mission avec plaisir et sortit de la maison en trombe. Quand elle pénétra dans le potager, situé de l'autre côté des lauriers, ses pieds s'enfoncèrent dans la terre molle. La rosée sur les herbes folles qui tapissaient le sol la mouilla jusqu'aux genoux. La salade était tellement grosse qu'elle décida de n'en cueillir que le cœur. Elle tira dessus de toutes ses forces, tressaillit à la vue d'une limace un peu grasse qui en tomba, puis se dépêcha de revenir vers la maison, s'arrêtant en chemin pour cueillir des feuilles de capucines qui s'épanouissaient aux pieds des lauriers.

Maman étalait du beurre sur des tranches de pain. Grand-mère préparait des œufs brouillés.

L'odeur délicieuse du beurre et des œufs embaumait la pièce.

— Ça ira comme ça ? demanda Mai à la cantonade.

— Oui oui, répondirent sa mère et sa grand-mère en même temps.

Toutes deux se regardèrent. Maman haussa les épaules et sourit comme si elle capitulait.

— Lave la salade et mets-la à égoutter, déclara Grand-mère avec lenteur, comme quelqu'un qui donnerait des instructions.

— Combien de feuilles ?

— Trois ou quatre.

Mai détacha trois feuilles et demie de la salade, les lava avec les feuilles de capucine et les mit à égoutter dans la passoire. Grand-mère la remercia, déposa les feuilles de laitue dans une de ses mains et les frappa de l'autre, à la fois pour les essorer et les aplatir. Elle les déchira à la taille souhaitée, en posa quelques-unes sur deux des tranches de pain que Maman avait alignées, ajouta du jambon qu'elle avait sorti du frigo ainsi que des feuilles de capucine.

Elle garnit les tranches de pain restantes de plusieurs feuilles de salade saupoudrées de sel et d'œufs brouillés, puis referma le tout en sandwich. Les sandwichs ainsi confectionnés furent placés sur une planche à découper et divisés chacun en trois parts égales. Pendant ce temps-là, Maman s'occupait de préparer le thé et versait l'eau de la bouilloire dans la théière.

— Mai, va chercher les assiettes dans le placard, veux-tu ? lui demanda Grand-mère.

Mai montra du doigt les grandes assiettes plates et rondes.

— Celles-ci ?

— Oui. C'est celles que j'utilise en général.

Mai en arrangea trois sur la desserte de cuisine pour permettre à Grand-mère de les remplir de sandwichs. La vieille dame sortit une nappe d'un des tiroirs de la desserte et la déploya sur la table.

— Tu pourrais sortir les tasses, s'il te plaît ?

— Ah, c'est vrai ! Tu as apporté la tienne, Mai, n'est-ce pas ? s'exclama Maman en la regardant. Ça me fait penser que tes bagages sont restés dans la voiture. Va les chercher.

— Quoi ? Tout, toute seule ?

— Il y a seulement un sac et un carton. Il y a un chariot dans le coffre, tu pourras tout transporter en un seul voyage.

— D'accord... soupira-t-elle.

Arrivée dans le jardin de devant, elle surprit un inconnu en train de scruter l'intérieur de leur voiture. La peau de l'homme était aussi foncée qu'une ombre formée par le puissant soleil de plein été. Son corps était massif et empâté, et ses yeux brillaient d'un éclat étrange. Mai hésitait à s'approcher, mais il allait bien falloir qu'elle sorte les bagages du coffre.

L'homme la remarqua à son tour et détourna les yeux d'un air embarrassé. A l'intérieur de la voiture traînaient des canettes de jus de fruits vides et des emballages de friandises qu'elles avaient grignotées en chemin.

— Bonjour.

Irritée par son culot, Mai l'avait salué d'un ton sec. L'homme, qui la dévisageait, lui répondit par un grognement.

— D'où tu sors, toi ? gronda-t-il soudain.

— C'est chez ma grand-mère ici, répliqua-t-elle, surprise.

Il l'examina de nouveau.

— T'es en vacances ?

Toujours, évidemment, d'une grosse voix. Elle hésita un instant avant de répondre :

— Je vais rester ici quelque temps. Elle ajouta d'une voix faible : Je suis malade.

— T'en as de la chance, cracha-t-il avant de franchir le portail.

Mai, qui avait l'impression que son sang bouillait dans ses veines, ouvrit le coffre d'une main tremblante.

De quel droit s'adressait-il à elle de cette manière ? De quel droit s'introduisait-il dans leur jardin et osait-il, par-dessus le marché, lui demander « d'où elle sortait » ? Comment pouvait-on être aussi arrogant ?

Elle sortit le chariot du coffre, le déplia dans un bruit de ferraille, y déposa le carton et son sac de voyage. Son humeur joyeuse s'était complètement évaporée.

Elle avait oublié de fixer les bagages au chariot avec une ficelle, et comme elle le poussait à la diable, son sac tomba par terre à plusieurs reprises.

Enfin, elle fut de retour dans la cuisine. Maman et Grand-mère, déjà installées à table, l'attendaient. Mai raconta sa mésaventure en refoulant ses larmes. Maman avait l'air contrariée.

— C'est affreux. Qui ça peut bien être ? s'exclama-t-elle en se tournant vers Grand-mère.

La vieille dame pria Mai de se mettre à table.

— Genji peut-être. Il a dû sortir quand ses chiens ont aboyé et voir une voiture qu'il ne connaît pas entrer ici. Ça l'a certainement inquiété.

— Allons bon ! Genji ! Il est revenu ?

Maman, les sourcils froncés, sortit le mug du sac de voyage et le rinça rapidement avant de revenir s'asseoir à table. Malgré les nombreuses chutes, le mug n'avait subi aucun dommage.

— C'est qui, lui ? Et où est-ce qu'il vit ? bougonna Mai.

— Genji habite dans la maison d'en face, de l'autre côté de la route. De temps en temps, je lui demande de faire quelques travaux dans le jardin. Ou de me ramener des courses.

Grand-mère versa du lait dans le mug, ajouta du thé et le déposa devant Mai.

— C'est une très jolie tasse. Tu as bon goût, Mai.

Mai poussa un énorme soupir et but une gorgée. Le thé, corsé et parfumé, était délicieux. Elle avait deviné, à la façon dont Grand-mère avait parlé de cet homme, qu'elle prenait sa défense, ce qui l'avait un peu agacée. Mais elle se sentait un peu plus calme à présent.

— La maison de l'autre côté de la route... Celle où il y avait tous ces chiens qui aboyaient, c'est ça ? Je crois me souvenir qu'ils n'étaient pas là la dernière fois que je suis venue.

— Genji habitait en ville. Il est revenu vivre dans cette maison il n'y a pas si longtemps... depuis que son père est mort.

— Je parie qu'il est divorcé ? chuchota Maman.

Grand-mère tendit la main vers un sandwich.

— Je ne sais pas trop. J'ai l'impression qu'il vit seul ici, mais enfin...

Mai s'empara, elle aussi, d'un sandwich, dont elle retira les feuilles de capucine. Elle n'appréciait pas ce goût de verdure un peu piquant, entre le *wasabi* et la moutarde. Maman remarqua son geste mais ne fit aucun commentaire.

— Il vient souvent ici ? intervint Mai d'une voix plutôt sereine, la bouche pleine.

— Pas tant que ça. Au fait, où est-ce que tu vas t'installer ? Il y a deux pièces dans les combles, laquelle vas-tu choisir ?

Grand-mère avait brusquement changé de sujet, mais elle ne s'en offusqua pas. Cette question ne lui ayant même pas traversé l'esprit, elle se dépêcha d'y réfléchir.

Au rez-de-chaussée de la maison se trouvaient le salon et le grand placard, côté jardin de devant, ainsi que la chambre de Grand-mère et enfin la cuisine, orientée vers le jardin de derrière. Au premier étage, ce qu'on appelait les combles, il y avait l'ancienne chambre de sa mère, qui donnait sur le jardin de derrière, et une autre pièce, côté jardin de devant, qui avait servi de débarras à Grand-père. Grand-père, qui était un grand passionné de minéraux, l'avait remplie de toutes sortes de pierres.

Mai n'avait aucune envie d'apercevoir par hasard la silhouette de cet homme à travers la fenêtre, c'est pourquoi elle décida de s'installer dans l'ancienne chambre de sa mère.

— Je prends la chambre de Maman.

— Cela fait très longtemps que je n'y suis pas entrée. Elle est toujours telle que je l'ai laissée ? demanda Maman en souriant.

— Toujours.

— Je vais aller jeter un coup d'œil. Voir s'il faut faire un peu de ménage... déclara-t-elle en se précipitant à l'étage.

Les lèvres de Grand-mère s'étirèrent en un sourire. Elle fit un clin d'œil à Mai.

— Maman est partie ranger ce qu'elle ne veut pas que tu voies.

— Comment ça ? s'exclama Mai, surprise, qui ne s'attendait pas à une remarque pareille. Ça alors… J'ai très envie de savoir maintenant.

Grand-mère sourit de nouveau et secoua la tête.

— Il y a sûrement des choses que toi non plus, tu n'as pas envie que les autres voient.

— Je ne sais pas… répondit-elle, faisant l'innocente.

— Ces petits… secrets deviennent plus nombreux à mesure que l'on grandit. Ta mère, Mai… Grand-mère sortit une boîte d'allumettes et un cendrier, et s'alluma une cigarette. Ta mère est passée de l'enfance à l'âge adulte dans cette chambre. Je pense donc qu'elle doit être remplie de secrets.

La fumée ne dérangeait pas du tout Mai, et Grand-mère le savait. Cependant, Maman, qui avait toujours détesté cette habitude, avait obligé Papa à arrêter de fumer en se servant de l'asthme de Mai comme prétexte. Grand-mère s'abstenait donc de fumer en sa présence.

La table de la cuisine, rectangulaire, n'était ni trop grande ni trop petite. Des fleurs du jardin étaient joliment disposées dans un vase en céramique haut de cinq à six centimètres. Une photo de Grand-père trônait sur le rebord de la fenêtre en saillie. Son chapeau de paille jetait une ombre sur son visage ovale mangé par une barbe poivre et sel de trois jours. La photo avait probablement été prise dans le jardin par une belle journée d'été. Les yeux plissés, Grand-père souriait. A côté de lui posait Blacky, un chien noir au regard intelligent, les yeux tournés vers l'objectif. Blacky tout comme Grand-père n'étaient plus.

Mai adorait cette photo.

Grand-père avait été professeur de sciences dans un collège privé confessionnel. C'est là-bas qu'il avait rencontré Grand-mère, qui y occupait alors le poste de professeur d'anglais. Et puis ils s'étaient mariés. Comme Grand-père était mort alors que Mai n'était encore qu'une enfant, elle ne se souvenait plus très bien de lui.

Si Grand-père et Grand-mère ne s'étaient pas rencontrés, Maman ne serait pas venue au monde, et alors elle non plus n'aurait pas pu être là... Et si Grand-mère n'avait pas eu l'idée de venir s'installer au Japon... Mai fut traversée par une impression étrange.

— Pourquoi est-ce que tu es venue au Japon, Mamie ?

Grand-mère souffla la fumée de sa cigarette.

— Au début de l'ère Meiji, mon grand-père, ton arrière-arrière-grand-père, est venu en voyage au Japon et il est rentré en Angleterre profondément marqué par la politesse et la gentillesse des Japonais, leur détermination et leur honnêteté. Comme il m'a raconté tout un tas d'histoires sur le Japon dès mon plus jeune âge, je me suis mise à rêver de ce pays comme on rêve d'un futur amoureux.

Elle contempla le jardin par la fenêtre, le regard perdu au loin, comme si elle se rappelait cette époque.

— Plus tard, alors que j'étais déjà engagée dans la vie et les activités de mon église, j'ai entendu dire qu'on recherchait un professeur pour enseigner l'anglais au Japon. J'ai postulé sans aucune hésitation.

— Ta famille ne t'en a pas empêchée ?

— Tout le monde, grâce à mon grand-père, était fasciné par le Japon. En revanche, j'imagine que personne, à ce moment-là, n'imaginait que j'allais y rester si longtemps. Personne sauf ma tante.

— Et tu n'es jamais rentrée depuis ?

— Une fois, pendant notre voyage de noces, et aussi quand mon père et ma mère sont décédés.

— Ils n'ont pas été contre votre mariage ?

— Ils n'étaient pas spécialement ravis. Du moins au début. Je crois bien qu'ils étaient inquiets. Mais ma tante a pris mon parti en disant que mon mariage avec un Japonais avait été décidé il y a très longtemps. Et puis ils ont rencontré ton grand-père et tout le monde l'a adoré. Il n'y avait plus aucun problème. Car il était exactement comme mon grand-père nous avait décrit les Japonais.

— On pourrait dire que tu es tombée amoureuse de Papi quand tu étais petite.

Grand-mère eut un petit rire.

— Peut-être bien, oui. Je crois que notre destin est tissé de présages de toutes sortes.

Une porte claqua à l'étage. Maman descendit l'escalier aux marches grinçantes.

— Tu as été plutôt longue, remarqua Grand-mère d'une voix douce.

— Oui. Maman s'assit en poussant un soupir. Mai aura besoin des étagères et des tiroirs du bureau, j'ai rangé toutes les affaires qui y traînaient dans un carton…

— Ça a dû te rappeler pas mal de souvenirs.

— Mmm… quand j'ai refermé le carton avec du scotch… c'était comme si je scellais une partie de ma vie…

Mai pensait comprendre ce que sa mère avait ressenti. Même si elle n'avait vécu que treize petites années dans ce monde.

Ce soir-là, Mai et Maman dormirent ensemble dans la chambre sous les combles. Maman partit le lendemain matin, alors que le soleil n'était pas encore levé. Mai l'avait sentie quitter le lit mais n'avait rien dit. Car elle n'était pas tout à fait réveillée et les quelques mots qu'elles auraient échangés se seraient réduits à des banalités – « au revoir », « fais bien attention à toi » – qui auraient voleté en tous sens, empirant sa tristesse et sa solitude. Alors qu'elle entendait le bruit du moteur de plus en plus faible à mesure que la voiture s'éloignait, elle s'obligea à se rendormir, et finit par replonger dans le monde des rêves.

Lorsqu'elle ouvrit les yeux, Maman n'était plus là, et elle fut tout à coup submergée par la nostalgie.

Cette fois, elle savait clairement ce qui l'avait déclenchée, ce qui était mieux que lorsqu'elle se sentait sombrer sans en connaître la raison. Cette nostalgie s'abattit cependant sur elle avec la même intensité, la même force primitive et brutale, et s'accompagna d'une douleur telle qu'elle eut l'impression qu'on lui comprimait le cœur, comme si elle se trouvait dans un ascenseur qui tomberait sans fin. Impuissante, elle ne pouvait rien faire d'autre qu'attendre.

Elle attendit donc que passe l'insupportable douleur avant de descendre dans la cuisine. Quand elle serait devenue adulte, peut-être qu'elle pourrait élucider ce mystère, savoir d'où venait cette douleur et surtout pourquoi elle s'attaquait à elle, elle l'espérait bien.

Grand-mère sourit en la voyant apparaître.

— Bonjour ! s'écria-t-elle en introduisant une tranche de pain dans le grille-pain.

Mai la salua à son tour avant de murmurer :

— Maman est partie très tôt.

— Oui ! Elle doit déjà être arrivée. Il n'y a pas grand monde le matin sur la route. Tu veux lui téléphoner ?

Mai secoua la tête. Elle pouvait tenir le coup. Elle préférait garder pour plus tard le joker du coup de fil à sa mère. Au cas où. En plus, Grand-mère lui apportait son mug. Grâce à lui, elle se sentirait sûrement un peu mieux.

Elle but une gorgée de thé, les deux mains enroulées autour de sa tasse, en regardant du coin de l'œil sa grand-mère verser les œufs qu'elle venait de lui préparer dans une assiette. Leurs regards se croisèrent. La vieille dame lui sourit. Mai sentit son cœur rater un battement et se hâta de détourner les yeux. C'était comme si sa grand-mère avait lu en elle comme dans un livre ouvert et avait deviné sa détresse. Elle se demanda aussitôt avec appréhension si cela ne l'avait pas froissée et elle sursauta quand sa grand-mère lui dit :

— Et si on allait travailler sur la colline un peu plus tard ?

— Qu'est-ce qu'on y ferait ?

Grand-mère déposa l'assiette garnie d'œufs et de toasts devant elle.

— Tu comprendras une fois arrivée là-bas. Mange. Après ça, tu n'auras qu'à aller te promener toute seule derrière.

Mai n'avait pas faim mais elle ne voulait pas vexer sa grand-mère et se força à tout manger. Elle n'était pas non plus d'humeur à aller se promener, mais, obéissante, elle quitta la cuisine d'un pas traînant.

Le temps était magnifique, à l'exact opposé de son moral. L'air du matin était frais, le soleil brillait d'un bel éclat. Quand on empruntait le sentier qui partait du côté droit du jardin de derrière, on rencontrait d'abord le poulailler, puis un petit bois ensoleillé de chênes à feuilles de châtaignier, de chênes bleus du Japon, de noisetiers et de châtaigniers. Mai, qui avait suivi le chemin l'esprit ailleurs, poussa soudain un cri de surprise. Le sous-bois était tapissé de petits rubis d'un rouge vif. Des fraises des bois.

Incroyable... souffla-t-elle.

Elle continua sa route en prenant bien garde à ne pas les piétiner. On aurait vraiment dit des pierres précieuses. De petites pierres précieuses tendres et juteuses, particulièrement fragiles. Elle concentra toute son attention sur ses pieds et traversa le bosquet à grand-peine.

Elle arriva enfin sur la colline. La vue était magnifique. Le raz-de-marée de fraises sauvages n'était pas parvenu jusqu'ici, où chiendents et souchets régnaient en maîtres. Le parfum entêtant de l'herbe au début de l'été lui chatouilla les narines.

Mai s'assit et admira les montagnes au loin nimbées d'un halo bleu pâle. Les feuilles des châtaigniers frémissaient sous la brise et l'écho du chant d'un petit coucou se répercuta entre les montagnes. Cette sensation d'être prise au piège, comme engluée dans les relations qui se développaient au sein de cette minuscule salle de classe, lui sembla n'être plus qu'un mauvais rêve.

— Une évasion, dit-elle d'une petite voix, pour voir.

Oui, c'était bien cela. Elle s'était évadée de ce monde, mais savait pertinemment qu'elle devrait y retourner un jour ou l'autre. Cette pensée lui donnait envie de pleurer. Elle était tellement bien ici...

— Mai !

Elle se retourna et découvrit sa grand-mère qui se tenait derrière elle, des seaux à la main.

— Tu viens ? On va aller les cueillir.

Elle sut immédiatement que c'étaient des fraises sauvages dont elle parlait.

— Il y en a tellement ! C'est vraiment incroyable, Mamie, remarqua-t-elle, les yeux écarquillés, en se relevant.

— Nous allons en faire de la confiture. Mais il va nous falloir beaucoup de courage pour toutes les ramasser.

— C'est parti !

Toutes deux s'accroupirent et commencèrent à récolter les petits fruits rouges. En voyant les trois seaux empilés, Mai se dit qu'il leur serait impossible de tous les remplir. Elle se trompait.

Grand-mère lui expliqua tout en s'activant que son défunt grand-père préférait la confiture de fraises sauvages (elle accentuait particulièrement ce mot) à celle de fraises ordinaires, qu'il adorait la nature et que c'était un grand passionné des minéraux.

Mai, qui l'écoutait attentivement, pensa combien cela avait dû être difficile pour elle après la mort de Grand-père. Bien plus tard, elle réaliserait qu'elle n'avait alors aucune idée de l'ampleur que pouvait prendre cette souffrance.

Des fourmis noires grimpaient et dévalaient les tiges vertes des fruits rouges. Quand elle glissait une fraise dans sa bouche, un goût sucré et ensoleillé lui caressait le palais, des petits grains lui râpaient la langue.

— Ta mère préfère les framboises. Mais il faudra attendre encore un mois avant de pouvoir les récolter.

— Est-ce que Maman t'aidait comme je le fais ?

Grand-mère secoua la tête.

— A cette époque, il n'y en avait pas autant. Ce n'est que depuis la mort de ton grand-père.

— Oh.

Mai essaya d'imaginer ce que sa grand-mère avait ressenti en les découvrant cette année-là. La profonde émotion qui avait dû la saisir, tout comme elle un peu plus tôt en voyant le tapis de rubis s'étaler sous ses yeux.

— C'est un peu comme si c'était Papi qui t'avait fait ce cadeau.

— C'est vraiment le cas.

Son ton sérieux la surprit.

— Ce jour-là, tu sais... c'était mon anniversaire. J'ai tout de suite compris. De son vivant, ton grand-père n'avait jamais oublié de me le souhaiter.

Elle ne savait pas trop quoi répondre et finit par dire :

— Tu devais être contente, Mamie.

— J'étais heureuse, oui. Tellement heureuse que j'en ai pleuré, assise ici.

Mai cligna des yeux précipitamment. Elle avait eu l'impression de voir surgir devant elle la silhouette accroupie de sa grand-mère.

Mai et Grand-mère, qui avaient consacré leur matinée à cueillir des fraises, portèrent les seaux jusque devant la porte de la cuisine, où était installé un *kamado*, un fourneau à bois traditionnel avec deux feux, dont la vieille dame se servait parfois pour faire mijoter des plats. Grand-mère rinçait les fraises une à une avec le plus grand soin sous le robinet aménagé juste à côté, avant de les déposer dans une passoire en bambou. Mai l'aidait. Il fallait être très attentive et ne laisser passer aucune fourmi.

Une fois toutes les fraises lavées, Grand-mère rapporta deux gros chaudrons de la cuisine, qu'elle rinça rapidement sous le robinet.

Elle prit des bûches et des branches de cyprès dans le bûcher rudimentaire installé sous l'auvent et s'accroupit devant le fourneau. Elle déposa d'abord quelques ramilles de cyprès bien sèches, ajouta des brindilles et pour finir des bûches fines, puis elle tira une boîte d'allumettes de la poche de son tablier et mit le feu aux ramilles de cyprès, qui s'enflammèrent aussitôt en crépitant. Les flammes se mirent ensuite à lécher et à embraser les brindilles, puis s'attaquèrent aux bûches.

Grand-mère attendit que le feu ait bien pris avant d'en ajouter de plus grosses. Elle se releva et demanda à Mai de poser les chaudrons sur le fourneau. Les gouttelettes qui restaient dans les marmites s'évaporèrent dans un sifflement. L'une fut remplie d'eau à l'aide d'un seau, l'autre de la moitié des fraises des bois.

— Tu trouveras des paquets de sucre sous la desserte, dans la cuisine. Apporte-m'en quatre, s'il te plaît.

Mai obéit et rapporta les quatre paquets en une seule fois. Grand-mère sourit.

— Tu es plus forte qu'il n'y paraît.

— C'est vrai que c'était lourd, concéda-t-elle, heureuse du compliment.

Grand-mère vida deux des paquets dans le chaudron qui contenait les fraises.

— Tout ça ?... Ce n'est pas très bon pour la santé, non ? remarqua Mai, soudain inquiète.

Maman lui répétait sans cesse que trop de sucre n'était pas bon pour elle.

— Ne t'inquiète pas. On ne mange jamais beaucoup de confiture à la fois, n'est-ce pas ? Plus elle sera sucrée, plus longtemps on pourra la conserver. Tiens, mélange doucement, dit la vieille dame en lui tendant une spatule en bois.

Elle ouvrit un carton qu'elle avait préalablement sorti, en tira des bocaux en verre de tailles et de formes différentes dont elle ôta les couvercles et qu'elle déposa délicatement dans le chaudron rempli d'eau.

Elle laissa bouillir les bocaux pendant un petit moment, puis, à l'aide de longues baguettes de cuisine et d'une manique, elle les retira l'un après l'autre de la marmite et les mit à égoutter dans un grand tamis en bambou.

Voir les bocaux sécher à vue d'œil était plutôt satisfaisant. Grand-mère demanda à Mai d'ôter minutieusement l'écume blanche qui commençait à se former sur la confiture. Elle réduisit ensuite le trou de ventilation du fourneau afin que le feu ne brûle pas trop fort.

Tandis que Mai était occupée à ôter l'écume, touiller, ôter l'écume, touiller, Grand-mère versa le restant de fraises et de sucre dans le chaudron vide et commença elle aussi à mélanger.

— Tu es vraiment très douée, tu sais, la félicita-t-elle tout en remuant les fruits.

Une bambusicole de Chine se mit à chanter au loin. Attirées par l'odeur de la confiture, les mouches bourdonnaient autour d'elles, mais de temps à autre une brise sèche et rafraîchissante les dispersait, ce qui les rendait moins dérangeantes. Le mélange dans le chaudron de Mai s'épaississait de plus en plus.

— Viens me remplacer, dit Grand-mère en lui tendant sa propre spatule.

Puis elle se saisit d'une louche qu'elle plongea dans le chaudron, elle remua le mélange à deux ou trois reprises et commença à remplir les bocaux en verre. Certains, destinés à être offerts lorsqu'elle rendait visite à quelqu'un ou quand Mai et sa famille venaient la voir, seraient rangés dans le placard. Les autres seraient mangés. Elle referma les couvercles pendant que la confiture était encore chaude.

— Tu m'as été d'une aide précieuse.

Elle lui tartina un toast croustillant avec du beurre et de la confiture tout juste préparée en guise de remerciement. Mai était enchantée mais s'efforçait de n'en rien laisser paraître.

— Je viendrai t'aider l'année prochaine, et l'année d'après, et l'année d'après aussi.

Grand-mère eut un sourire ravi, mais ne répondit rien.

La confiture qu'elles avaient préparée était d'un rouge cramoisi, profond, presque noir.

Quand Mai la lécha, une douce amertume, celle des sous-bois, se répandit sur sa langue.

Mai occupa son après-midi à ranger sa chambre. Grand-mère avait préparé du riz au curry pour le dîner, probablement exprès pour elle.

Une fois la vaisselle terminée, la vieille dame transporta le carton de pots de confiture au salon. Mai la suivit, une boîte remplie de feuilles, de crayons et d'une paire de ciseaux entre les mains.

Là, tout en regardant la télévision, elles firent des étiquettes où elles inscrivirent la date et le nom de la confiture. Les étiquettes de Grand-mère étaient très simples, sans aucune originalité, des rectangles de papier blanc qu'elle remplissait au stylo noir. Mai, en revanche, découpait les coins des rectangles, formant des figures à huit angles, dessinait des bordures multicolores : les siennes devenaient de jolies créations.

– Tu as un don pour ça. C'est ravissant. Les couleurs que tu as choisies, la façon dont tu les as mariées... Tout est très bien pensé. Elle lui caressa la tête. Je suis fière de toi, ma petite fille à la grande sensibilité, ajouta-t-elle à voix basse, comme se parlant à elle-même.

Mai était embarrassée. Grand-mère avait tendance à complimenter ses proches sans se priver. Elle transmettait la fierté qu'elle éprouvait tout naturellement comme on donnerait de l'eau à une plante.

Une fois ses étiquettes terminées, Mai continua de regarder la télévision. Grand-mère sortit sa boîte à couture et commença des travaux d'aiguille. Mai se désintéressa très vite du programme et s'approcha d'elle pour lui demander ce qu'elle était en train de coudre.

— Des tabliers pour le jardinage et la cuisine. Devine pour qui ?

Mai regarda plus attentivement l'ouvrage que sa grand-mère tenait à la main. Elle avait raccourci les manches d'un vieux vêtement bleu ciel d'une trentaine de centimètres et était à présent en train d'insérer des élastiques dans les emmanchures afin de les resserrer.

— Cette chemise de nuit appartenait à ta mère. J'utilise la partie supérieure pour te faire un tablier de jardinage. Je vais découper trois mignons petits tabliers qui te protégeront des éclaboussures dans le tissu restant.

— Hum, répondit Mai comme par réflexe.

Mais une douce chaleur se répandait dans sa poitrine.

— Je t'aime tellement, Mamie, murmura-t-elle à toute vitesse, comme à son habitude, avant de frotter sa joue contre le dos de sa grand-mère.

— *I know,* répondit celle-ci, un sourire aux lèvres. Puis, tout en reprenant son travail, elle demanda, l'air de rien : Tu sais ce qu'est une sorcière, Mai ?

— Une sorcière ? Tu veux dire ces femmes habillées tout en noir qui se promènent dans les airs sur un balai et qui ont des pouvoirs magiques ?

— Oui, même si en réalité, je pense que peu d'entre elles utilisent un balai, mais...

— Quoi ? Tu veux dire qu'elles existent vraiment ? Ce ne sont pas uniquement des histoires qu'on raconte à la télé, dans les mangas ou dans les contes ?

— Bien sûr, même si elles sont légèrement différentes des sorcières que tu imagines.

Cette révélation inattendue réveilla tout à coup Mai, jusque-là quelque peu étourdie par la fatigue.

— Et en quoi sont-elles différentes ? Dis-moi, Mamie !

— Eh bien... quand tu es malade, toi, que fais-tu ?

— Je vais chez le docteur ou à l'hôpital.

— Et quand tu veux savoir le temps qu'il fera ?

— Je regarde la météo.

— Il y a très longtemps de cela, à l'époque où il n'y avait ni hôpitaux, ni météo, ni télé, ni radio, ni journaux, à l'époque où la religion chrétienne n'existait pas encore, que faisait-on, à ton avis ?

— Tu veux parler de... bien avant le XXIᵉ siècle ?

— Oui, et des gens qui vivaient à ce moment-là. Ils étaient beaucoup moins nombreux que nous, mais enfin... A cette époque, on s'appuyait sur la sagesse, les savoirs et les connaissances transmis par les ancêtres. Les connaissances sur les plantes qui guérissent le corps, la sagesse de cohabiter avec la nature hostile. La capacité d'éviter ou de surmonter une difficulté attendue. Les êtres d'autrefois en savaient bien plus que nous. Certains d'entre eux, ceux qui avaient une plus grande maîtrise de ces savoirs et de ces connaissances, sortaient du lot. Et les autres, comme les patients comptent sur leur médecin, comme les croyants se rassemblent autour d'un ascète, comme les disciples recherchent l'enseignement de leur maître, venaient leur demander conseil. Ce que possédaient ces humains un peu spéciaux s'est transmis de génération en génération, des parents aux enfants, des enfants aux petits-enfants. Pas seulement les connaissances, mais aussi d'autres compétences particulières.

— Tu parles de... commença Mai, en organisant ces informations dans sa tête... de pouvoirs surnaturels ? On peut hériter de ces pouvoirs ?

Grand-mère posa son aiguille, attrapa le cendrier à côté d'elle. Elle sortit une boîte d'allumettes de sa poche et alluma une cigarette. Elle en tira une bouffée et expliqua :

— Dit comme ça, on pourrait croire qu'il s'agit là de quelque chose d'extraordinaire, hors du commun, mais nous avons tous plus ou moins ce genre de pouvoirs. Ils sont simplement plus développés chez certains que chez d'autres. Tout comme certains chantent mieux ou calculent beaucoup plus rapidement que d'autres, tu comprends ? C'était le cas de ma grand-mère.

— Elle avait une jolie voix ?

La vieille dame sourit.

— Tu as raison, elle chantait aussi très bien. Mais ce qui la distinguait des autres, c'était son don de clairvoyance. On parle aussi de voyance.

Mai retenait son souffle, attendant la suite de l'histoire.

— Tu sais déjà que mon grand-père a voyagé au Japon. Quand il est parti, ma grand-mère n'avait que dix-neuf ans. Ils n'étaient pas encore mariés, simplement fiancés. Un après-midi, alors qu'elle était en train de coudre des torchons en vue de son mariage, une vision, celle de la mer la nuit, lui est soudain apparue...

— Quoi !? s'exclama Mai, les yeux ronds.

Grand-mère la calma de son curieux sourire et reprit :

— Elle a vu son futur époux, mon grand-père, nager seul au milieu de cette étendue d'eau. Elle a aussitôt eu l'intuition qu'il ne nageait pas dans la bonne direction, c'est pourquoi elle s'est mise à crier : « Vers la droite ! » Sa vision s'est évanouie et le chiffon qu'elle cousait est réapparu entre ses mains. Elle a alors réalisé que c'était un de ses rêves éveillés. Elle n'en était pas à sa première expérience.

— Ça lui arrivait souvent ?

— Oui. Au même moment, mon grand-père, victime d'une insomnie, sortait sur le pont d'un bateau qui faisait route vers Kobe pour profiter de la brise nocturne. Et tombait accidentellement à la mer. Grand-mère haussa légèrement les épaules et ajouta dans un murmure : C'est une des choses les plus horribles qui puissent arriver, tu ne crois pas ? Tomber dans la mer en pleine nuit.

— Et alors ? Qu'est-ce qui s'est passé ?

— Malheureusement, personne ne l'a vu tomber et le bateau a continué sa route.

Mai poussa un cri d'horreur et plaqua ses deux mains contre sa bouche.

— Et ensuite ? Ensuite ?

— Il n'avait pas d'autre choix que de nager dans la direction dans laquelle le bateau s'en allait. Après un moment, il a commencé à sentir le découragement le gagner. Seul, misérable, perdu au beau milieu de la mer... il avait envie de pleurer. S'il venait à mourir ainsi, a-t-il pensé tout à coup, sa fiancée passerait le restant de ses jours à se demander ce qui avait bien pu lui arriver. N'en pouvant plus, il s'est mis à hurler le prénom de ma grand-mère. Nous y voilà : la voix familière de sa fiancée a alors retenti avec force tout autour de lui. « Vers la droite ! »

Mai fut parcourue d'un frisson et se pencha en avant, le dos bien droit.

— Sans hésiter une seconde, il a recommencé à nager, mais vers la droite cette fois. Il ne ressentait plus ni tristesse ni découragement. Il a fini par s'échouer sur une plage et a été retrouvé au petit matin, grelottant dans une cabane de pêcheur. On lui a dit plus tard que s'il n'avait pas changé de direction à ce moment-là, il aurait sûrement été englouti par un tourbillon.

— C'est horrible !

— Mon grand-père, au milieu de son voyage, a écrit à ma grand-mère pour lui raconter cette expérience des plus étranges. La lettre qu'elle lui a écrite en retour exprimait toute sa joie et sa reconnaissance de le savoir sain et sauf. Rien de plus.

— Pourquoi ? Elle aurait dû lui dire que c'était elle qui était venue à son secours !

— C'était comme ça à l'époque. Le don que possédait ma grand-mère a pendant longtemps été très mal vu. Dans une société régie par certaines normes, tout ce qui sortait du cadre de ces normes était destiné à être exclu. A son époque, sans aller jusqu'à l'exclusion, elle n'aurait pas pu prétendre au bonheur.

— Ah bon ? Alors que maintenant, elle pourrait être une star de la télé.

— Tu penses donc que c'est ça, le bonheur ? Tu crois qu'attirer l'attention rend heureux ? demanda Grand-mère avec un faible sourire.

Mai prit quelques instants pour réfléchir. Pour les jeunes de sa génération, devenir une star de la télé était synonyme de réussite. Avoir du succès ne rendait-il pas heureux ? Mais il lui fallait bien admettre qu'avoir tous les regards braqués sur soi devait être une situation plutôt difficile à vivre.

— Je n'en sais trop rien.

— Bien sûr, puisque chacun a sa propre définition du bonheur. Toi aussi, Mai, tu dois chercher ce qui te rend heureuse.

Mai réagit, tout en continuant de réfléchir :

— Mais attirer l'attention, cela veut dire être respecté et reconnu… et alors, on ne risque pas d'être maltraité, intimidé ou mis à l'écart… on n'est jamais ignoré ou négligé, non ?

— Etre harcelé, et même ignoré ou négligé, c'est aussi être au centre de l'attention, remarqua Grand-mère en lui caressant tendrement la joue.

Mai poussa soudain un cri affolé.

— Mais au fait ! Ça veut dire que… dans notre famille… ?

— Très bonne déduction, répondit-elle en souriant. Mais arrêtons-nous là pour ce soir. Il doit être tard.

Cette nuit-là, blottie sous sa couverture, Mai se demanda si des événements aussi bizarres lui étaient déjà arrivés. Une fois parvenue à la conclusion qu'elle n'avait pas hérité de ce don, elle se laissa emporter par le sommeil, à moitié soulagée, à moitié déçue.

Elle fit un rêve.

Un ciel d'encre, par une nuit sans étoiles. Une mer sans fin. Elle était cernée par une eau d'un noir de jais, semblable à du velours, et n'entendait que le clapotis des vagues.

Se sentait-elle triste et abandonnée ? Non, elle n'arrivait même pas à penser à cela, elle ne pouvait que nager. Elle était seule.

Une voix résonna soudain à l'intérieur et tout autour d'elle.

« Vers l'ouest. »

Le jour suivant, quand elle se réveilla, Grand-mère était déjà dans le jardin en train d'arroser les plantes. Tout comme la veille, la température était agréable et le ciel limpide, sans aucun nuage à l'horizon. Mai sortit en pyjama.

— Bonjour, Mamie !

— Bonjour, Mai.

Grand-mère coupa l'eau et tout en s'essuyant les mains sur son tablier :

— Testons un peu tes connaissances sur les noms des plantes, dit-elle avec un sourire espiègle.

Mai posa un doigt sur son menton et se concentra.

— Je me souviens de ceux que tu m'as déjà appris. Ça, c'est un olivier à thé, et là ce sont des rosiers. Je crois que le grand arbre au milieu est un chêne, il y a beaucoup de glands qui tombent en automne…

— Très bien ! Tu as bonne mémoire. Et ça, tu sais ce que c'est ?

Elle montra du doigt une touffe de tiges vigoureuses qui poussaient entre les buissons de roses.

— Des jonquilles. Je me trompe ?

Grand-mère secoua la tête en silence, son éternel sourire aux lèvres.

— Alors quoi ? Dis-moi ce que c'est !

— Quelque chose que tu connais très bien… De l'ail.

— Oh ! De l'ail qui pue ? Il va sortir par où ?

— Eh bien, l'ail est un bulbe, on le récolte en le déterrant. Planté entre les rosiers, il repousse les pucerons et améliore le parfum des roses. Va te changer maintenant, et ensuite on prendra le petit-déjeuner. Aujourd'hui, c'est riz et soupe miso.

— D'accord !

Mai était contente d'avoir appris une nouvelle chose. Elle avait l'impression que cette petite anecdote faisait partie de l'étrange histoire que sa grand-mère lui avait racontée la veille au soir.

Après le petit-déjeuner, elle se rendit au poulailler afin de libérer les trois poules et le coq de leur enclos. Le coq, toujours plein de morgue, la tête levée très haut, sortit du poulailler en scrutant les alentours d'un air arrogant, les poules à sa suite. C'étaient leurs œufs que Mai et sa grand-mère dégustaient chaque matin.

Le roi de la basse-cour était de bonne humeur. Il ébouriffa ses plumes et se laissa caresser par les rayons du soleil avant de se mettre à chanter. Puis il entreprit de gratter la terre en agitant la tête, à la recherche de vers de terre ou d'insectes. Les poules l'imitèrent, picorant çà et là, chacune à sa manière. Quand une des poules trouvait un ver de terre ou un grillon, le coq rappliquait sur-le-champ pour le lui voler.

Mai trouvait le coq amusant, mais dès qu'elle assistait à cette scène, elle sentait la colère la gagner et avait bien envie de venger les poules. Une fois, elle l'avait repoussé avec le manche d'un balai et le coq, fou de rage, l'avait attaquée. Depuis ce jour, elle se gardait bien de l'approcher et se méfiait de lui.

Mai et le coq étaient conscients l'un de l'autre (bien sûr, personne ne pouvait savoir ce qu'un coq pensait, mais elle avait bien remarqué qu'il lui jetait constamment des coups d'œil furtifs) et entretenaient des rapports un peu tendus. Elle sentit son regard quand elle passa à côté des poules. Elle traversa le petit bois aux fraises sauvages et, une fois arrivée à la colline, elle respira à pleins poumons, emplissant sa poitrine du parfum de la verdure de mai.

Elle décida de suivre le petit sentier qui partait en diagonale depuis le sommet. Il était aujourd'hui quasiment obstrué par des renouées à feuilles pointues, du rumex et de l'armoise, mais elle se rappelait l'avoir déjà emprunté une fois avec Grand-mère. Elle descendit le sentier, ce vague souvenir en tête. Où étaient-elles allées ?... Elle crut se souvenir qu'elles avaient vu quelque chose d'un peu particulier.

Cinq mètres plus loin se trouvait un petit coin baigné de soleil et entouré d'arbres. Le sentier continuait de s'enfoncer dans un bois de cèdres à sa droite. A sa gauche s'élevait un bosquet de bambous.

Cet endroit ensoleillé, tel un trou percé par la lumière entre les bois sombres et humides de cèdres et de bambous, ouvert vers le ciel, était différent du souvenir qu'elle en avait gardé, mais il lui plut immédiatement, sans qu'elle sache vraiment pourquoi.

Il était parsemé de vieilles souches d'arbres et des violettes poussaient entre les fondrières. La floraison était déjà terminée, les capsules de graines semblaient sur le point d'éclater. Imaginer toutes ces violettes en fleurs la rendit heureuse. Mais lui fit aussitôt regretter d'avoir manqué un tel spectacle.

Elle s'assit sur l'une des souches et sentit son esprit s'apaiser, tandis qu'une sensation de calme se diffusait en elle. Cernée par les jeunes camphriers, les châtaigniers et les bouleaux, elle avait l'impression qu'une petite chose très précieuse – une petite chose douce, chaude et adorable – se cachait quelque part dans les environs. Comme un petit, un tout petit nid douillet, festonné de plumes duveteuses d'un petit, d'un tout petit oiseau.

J'adore cet endroit, se murmura-t-elle.

Tout comme la veille, un petit coucou se mit à chanter. Une brise rafraîchissante l'effleura. Elle se raconta à nouveau, mais avec ses propres mots cette fois, l'histoire révélée par sa grand-mère, et prit le temps d'y réfléchir.

Si tout ceci était vrai (ce qui était sûrement le cas : jamais Grand-mère ne lui raconterait un mensonge aussi extravagant), en elle coulait du sang de sorcière. Ce qui voulait dire qu'elle allait peut-être développer des pouvoirs surnaturels. Cette idée lui faisait un peu peur, mais si cela devait lui arriver, peut-être n'aurait-elle plus à souffrir autant à l'école ? Peut-être pourrait-elle avancer paisiblement dans la vie, peut-être pourrait-elle réussir à contourner les obstacles qui lui barraient la route avec la même facilité qu'un poisson dans l'eau ?

Son cœur se mit à frétiller de joie à cette pensée, et l'espoir à germer en elle.

Après le dîner, Mai osa interroger sa grand-mère occupée à ses travaux d'aiguille.

— Si je travaille dur, tu crois que je pourrai moi aussi avoir des pouvoirs surnaturels ?

La vieille dame dévisagea sa petite-fille, comme prise au dépourvu par la question. Mai eut l'impression d'avoir dit quelque chose de terriblement frivole et s'empourpra aussitôt.

— Eh bien, tu n'as pas forcément hérité de ce don à ta naissance, alors il te faudra déployer beaucoup d'efforts, répondit Grand-mère avec lenteur, en choisissant soigneusement ses mots.

— Oui, oui ! Je vais travailler très dur, assura Mai avec ferveur. Mais à ton avis, Mamie, par quoi devrais-je commencer ?

— Dans ce cas... Tu vas devoir suivre un entraînement de base, déclara Grand-mère d'un air faussement sérieux.

— Un entraînement de base ?

— Tout à fait. Comme les pouvoirs surnaturels et les dons sont, pour faire court, des émanations du monde spirituel, il te faudra acquérir la force mentale nécessaire pour les contrôler. Les sportifs, les nageurs par exemple, doivent suivre un entraînement, les joueurs de volley ou de base-ball se plient à des exercices sans lien avec leur sport, comme des tractions ou des assouplissements. Et pourquoi, à ton avis ?

— Pour développer leur condition physique.

— Exact. Tout comme il faut de la force physique pour pratiquer un sport, il faut de la force mentale pour pratiquer la magie ou accomplir des miracles. On ne peut pas taper dans une balle avec une batte sans avoir de la force dans les bras, n'est-ce pas ?

— Alors selon toi, Mamie, il faudrait que je suive un entraînement de base pour améliorer et développer ma force mentale, c'est bien ça ?

— Tout à fait.

Mai fut prise d'un mauvais pressentiment.

— La force mentale, c'est comme le caractère ?

Elle avait depuis toujours secrètement admis qu'elle manquait totalement de volonté et de fermeté, ce que l'on appelait plus généralement le « caractère ». Si pour devenir une sorcière, il fallait avoir du caractère, alors elle ne devrait pas partir de zéro, mais de moins que ça encore... Les perspectives s'annonçaient plutôt sombres.

— Avoir du caractère, pour moi, c'est avancer à l'aveuglette. Ce que je veux dire par « développer sa force mentale », ce serait plutôt apprendre à garder une antenne bien dressée, une antenne qui capte la bonne direction à suivre et la transmet au corps et à l'esprit, qui sauront réagir en fonction.

— Euh...

Mai était un peu perdue : elle avait l'impression de comprendre sans comprendre.

— S'asseoir pour méditer, ce genre de chose ?

— C'est encore un peu tôt pour ça. Ce serait comme vouloir tout de suite frapper avec une batte et se déboîter l'épaule, répondit Grand-mère en souriant.

Mai était démoralisée. S'il était encore trop tôt pour s'asseoir en tailleur et méditer, alors prédire l'avenir ou utiliser un sortilège pour se métamorphoser étaient hors de portée.

— Ça te va, Mai ? Grand-mère baissa la voix et ajouta d'un ton malicieux : Ce monde grouille de démons qui se tiennent aux aguets, prêts à s'emparer de ceux qui ont l'esprit embrumé par la méditation ou dénué de force mentale.

Un frisson lui courut le long de l'échine, même si elle pensait que ce n'était qu'une plaisanterie.

— Les démons existent vraiment ? bredouilla-t-elle précautionneusement, convaincue que la vieille dame allait lui assurer le contraire.

Mais sa réponse fut on ne peut plus claire :

— Bien sûr.

Mai retint son souffle.

— Mais tu n'as rien à craindre si tu entraînes ton esprit.

— Mais comment faire ? demanda-t-elle fébrilement.

— Eh bien, il faudra tout d'abord te coucher et te lever tôt. Manger correctement, faire beaucoup de sport, avoir un rythme de vie régulier.

Grand-mère pouvait-elle seulement imaginer le désarroi dans lequel sa réponse l'avait plongée ? Mai se tut quelques instants, puis poussa un profond soupir.

— Je ne suis pas douée pour tout ça. Je lis jusque très tard le soir, et les jours où je n'ai pas école, je peux dormir jusqu'à midi passé. Je m'arrange souvent pour ne pas aller en cours de sport, parfois je saute des repas… Mais Mamie, ça, ce serait plutôt pour « améliorer sa forme physique », pas pour « entraîner son esprit », tu ne crois pas ?

Grand-mère acquiesça d'un signe de tête.

— Ça va te paraître étrange, mais au début, c'est pratiquement la même chose.

— Donc si les démons existent réellement, je pourrais vraiment me protéger d'eux en faisant des choses aussi simples ? insista Mai.

— Oui, vraiment. Pour se protéger des démons ou même pour devenir une sorcière, le plus important est le pouvoir de la volonté. La force de décider par soi-même, d'accomplir ce que l'on a soi-même décidé. Si tu développes cette force, les démons ne pourront pas facilement te posséder. Ces choses aussi simples, comme tu dis, ne sont-elles pas pour toi les plus difficiles ? Je me trompe ?

C'était le cas. Mai fit la moue et hocha la tête à contrecœur. Grand-mère lui sourit.

— Il te faudra probablement surmonter des épreuves bien plus difficiles pour obtenir ce que tu désires le plus, ce qui a le plus de valeur à tes yeux. Ça ne coûte rien d'essayer.

Mai se sentait de plus en plus déterminée.

— D'accord. Alors je décide… d'essayer.

Grand-mère eut un sourire enjoué.

— Bien dit ! Tu es admirable, Mai ! Pour commencer, tu vas devoir décider de l'heure à laquelle tu iras te coucher et celle à laquelle tu te lèveras. Ensuite tu l'écriras sur une feuille, que tu accrocheras au mur.

— Tu te réveilles à quelle heure, toi, Mamie ?

— Six heures.

— Impossible ! Disons plutôt sept.

— Dans ce cas, on pourra prendre le petit-déjeuner ensemble, l'encouragea Grand-mère.

— Si je veux mes huit heures de sommeil, alors... je vais devoir me coucher vers onze heures... Mais je suis sûre que je n'arriverai pas à dormir ! J'ai toujours du mal à m'endormir. Toujours.

— Bon, tu te lèveras malgré tout à sept heures. Tu t'endors vers quelle heure d'ordinaire ?

— Deux ou trois heures du matin, par là.

Grand-mère écarquilla les yeux, mais ne fit aucun commentaire.

— Et pour le corps et l'esprit, qu'allons-nous faire ?

— Je suis nulle en sport...

— Ménage et lessive. Tu l'as déjà fait ?

— Pas tous les jours, mais ça m'est arrivé, oui.

— Nous nous occuperons des tâches ménagères le matin. Tu consacreras tes après-midis à l'esprit. Tu établiras toi-même ton emploi du temps. Tu peux faire tes devoirs, lire, ce que tu veux.

Les yeux de Mai se mirent à briller.

— Je vais y réfléchir ce soir.

— Pas plus tard que onze heures, lui rappela Grand-mère.

— Mais dis-moi, Mamie. Tu es sûre qu'on peut développer sa volonté ? Je veux dire, ce n'est pas fixé à la naissance ?

— Fort heureusement, même si la volonté accordée à la naissance est faible, il est toujours possible de la renforcer. Il s'agit de la développer petit à petit et cela peut prendre beaucoup de temps, ce qui est aussi le cas pour la force physique. Au début, on peut avoir l'impression que rien ne change. Le doute, la paresse, l'envie de tout abandonner peuvent alors commencer à se manifester. Mais il faut les combattre, serrer les dents et persévérer. Et au moment où on se dit que rien ne changera jamais, il se produit un événement qui nous fait découvrir qu'on est différent de celui qu'on était avant. On continue de faire des efforts, dans une succession de jours monotones, et soudain, on découvre que celui qu'on est devenu est encore différent de celui qu'on était jusqu'à maintenant, et ainsi de suite. Grand-mère s'interrompit quelques secondes. Mais la grande différence avec l'entraînement physique ou le développement d'autres compétences, c'est qu'il est plus facile d'échouer, car ce sont souvent ceux qui manquent de volonté qui veulent relever le défi, conclut-elle lentement.

Evidemment, murmura Mai dans sa tête.

— Allez, file donc dans ta chambre préparer ton planning !

Alors qu'elle s'apprêtait à quitter le salon, Grand-mère ajouta spontanément :

— Je n'ai jamais pensé que tu n'avais pas de volonté.

Mai dévisagea sa grand-mère, surprise. La vieille dame lui souriait.

— Et moi je pense que si, affirma-t-elle d'une voix sans force, en montant à l'étage.

Elle prit une feuille et un stylo et s'installa sur son lit pour se concentrer sur son emploi du temps. Elle n'était pas très forte en mathématiques, en sciences non plus, d'ailleurs. C'est pourquoi elle se dit qu'elle devrait leur accorder suffisamment de temps. Elle aimait le japonais et l'anglais. C'est pourquoi elle se dit qu'elle aimerait leur accorder suffisamment de temps.

Après mûre réflexion, elle décida de combiner un cours de langue et un cours de sciences en un bloc, et d'en placer deux par après-midi. Par exemple, elle aurait un premier bloc « japonais et mathématiques », suivi d'une petite pause, puis un second bloc « anglais et sciences physiques ». Pour le cours de japonais, elle lirait un livre choisi parmi ceux qui s'alignaient dans l'ancienne bibliothèque de sa mère. Pour l'anglais, elle demanderait à Grand-mère de le lui enseigner.

— Et voilà !

Mai regarda sa montre : dix heures et demie. Elle entendit les marches de l'escalier grincer.

— Mai ? chuchota Grand-mère en frappant à coups légers à la porte.

— Entre !

La vieille dame pénétra silencieusement dans la pièce et suspendit un objet au pilier du lit, juste au-dessus de l'oreiller. Une douce odeur s'en dégageait, celle de la paisible cuisine.

— Qu'est-ce que c'est ?

— Une amulette pour t'aider à bien dormir. *Nighty-night, sweetie*.

— Merci, Mamie. Bonne nuit.

Grand-mère agita légèrement la main avant de quitter la pièce.

Mai s'approcha de l'amulette suspendue au lit et découvrit un oignon dans un filet. Bientôt, comme influencée, elle s'endormit à poings fermés. Onze heures n'avaient pas encore sonné.

Elle ouvrit les yeux à six heures du matin, mais estima qu'il était encore trop tôt et se rendormit. Bientôt, elle fut réveillée par sa grand-mère qui toquait doucement à la porte.

— Mai, il est sept heures.

— Oui !

Elle se précipita en bas, toujours en pyjama.

— Va donc te changer. Et après tu iras nous chercher des œufs.

Elle remonta dans sa chambre, enfila un short et un tee-shirt à toute vitesse. Une fois de retour dans la cuisine, elle prit le bol que lui tendait sa grand-mère et sortit de la maison, direction le poulailler.

Ce n'était pas la première fois qu'elle allait chercher des œufs. Il lui était déjà arrivé de le faire avec sa mère quand toutes deux séjournaient ici. Des œufs tout frais pondus, encore tièdes, légèrement couverts de fientes et de plumes. Pour être honnête, Mai trouvait cela un peu dégoûtant de manger un œuf fraîchement pondu. Et puis les cris indignés des poules, qui s'élevaient comme des reproches, lui donnaient mauvaise conscience. Mais elle hésitait à le dire à sa grand-mère. Les mots de sa mère franchirent machinalement ses lèvres.

Une enfant difficile à comprendre, difficile à vivre.

La journée allait être belle. L'air était encore frais, imbibé de la rosée du soir, mais les premiers rayons du soleil matinal commençaient à réchauffer l'atmosphère.

Elle piocha une poignée de grains dans un sac posé dans un coin du poulailler, qu'elle alla répandre dans la mangeoire. Elle attendit que les poules se pressent autour pour s'emparer du long et fin bâton au bout duquel était accrochée une louche, entrebâiller la porte et introduire doucement son ustensile à l'intérieur de manière à ne pas trop les exciter. Elle ramassa un premier œuf dans le nid.

Le coq, qui picorait la nourriture, jeta un regard dans sa direction. Il cligna des yeux, comme pour lui signifier qu'il se montrerait magnanime pour cette fois, et ne fit pas d'esclandre. Mai déposa l'œuf dans le bol et recommença l'opération.

Le jambon grésillait dans la poêle. Grand-mère remercia Mai pour son aide et, d'un geste preste, prit deux œufs dans le bol qu'elle cassa sur le bord de la poêle, préparant en un tournemain des œufs au jambon. Mai songea qu'à sa place, elle les aurait d'abord lavés, mais sa grand-mère les avait cassés en évitant admirablement les parties sales de la coquille.

A la fin du petit-déjeuner, la vieille dame débarrassa la table, déposa la vaisselle dans l'évier et la lava. Mai qui l'observait décida que ce serait à elle de s'en occuper le lendemain. Elle ne la regardait pas uniquement faire la vaisselle : elle étudiait ses moindres faits et gestes. Pour quoi faire ?... Pour, tôt ou tard, pouvoir lui être utile. Elle commençait à vraiment aimer sa grand-mère du plus profond de son cœur.

— Les poubelles vont être ramassées aujourd'hui. Le camion s'arrête sur la route d'en face. Si tu as des choses à jeter, tu pourrais les descendre, s'il te plaît ?

Mai alla chercher la corbeille dans sa chambre.

— Ne jette pas les feuilles blanches ordinaires. Les feuilles imprimées en couleurs et les objets en plastique vont dans ce sac.

— Les feuilles blanches... Comme celle-ci ?

Elle lui montra une feuille raturée qu'elle avait froissée.

— Oui. Je m'en sers pour allumer le feu.

La quantité de déchets ne représentait qu'un cinquième environ de ceux que l'on jetait chez Mai. Elle s'empara du sac et fila vers la route.

Les branches des érables bordant l'allée qui partait du portail formaient un plafond frais et verdoyant au-dessus d'elle. Une brise limpide courait sur l'allée. Arrivée au virage, elle fouilla le bas-côté du regard. Elle était déjà tombée nez à nez avec un serpent à cet endroit.

C'était il y a longtemps de cela, l'été de ses six ans.

Un après-midi, elle était venue ici étendre une natte et réaliser un dessin pour l'école. Le chant strident des cigales s'était brusquement interrompu et le paysage devenu silencieux avait projeté son ombre dense tout autour d'elle. Quelques secondes plus tard, un énorme serpent rayé avait émergé des buissons à sa droite et lentement traversé le chemin.

On aurait dit la seule créature en mouvement dans ce monde. Juste avant de s'engager dans les broussailles à sa gauche, comme mû par une soudaine envie de se redresser, il avait relevé son cou ployé et doucement balancé la tête de gauche à droite, pour observer les environs.

Mai, pétrifiée par la peur, se demandait ce qui lui arriverait si jamais il venait à la remarquer. Par chance, leurs regards ne s'étaient pas croisés, mais depuis, elle se demandait parfois ce qui serait arrivé si ça avait été le cas. Le serpent aurait très certainement senti qu'elle n'était qu'une enfant sans défense et lui aurait sûrement fait quelque chose d'abominable.

Désormais, chaque fois qu'elle prenait ce chemin, elle se rappelait sa terreur glaçante et abordait le virage avec la plus grande prudence.

Ce serait vraiment dommage de laisser la peur l'emporter et de ne plus passer par cet endroit si beau. C'est pourquoi, dès qu'elle arrivait au virage, elle se murmurait toujours des encouragements.

Ouf, rien à signaler cette fois encore.

La route d'en face était baignée de lumière. Le bosquet de bambous bruissait dans le vent. Les chiens, ceux du type sans gêne qui s'était introduit dans leur jardin, se mirent à aboyer en chœur. Mai se pencha pour déposer le sac-poubelle au pied du poteau électrique qui servait de repère. Quelques magazines attachés ensemble par une ficelle lui sautèrent aux yeux au même moment. La photo d'une femme nue dans une posture bizarre s'étalait sur la couverture du dessus.

Les revues, gondolées par l'humidité, semblaient exhaler des relents sombres et suintants au beau milieu de la clarté aveuglante.

Mai détourna le regard. Elle avait envie de se désinfecter les yeux. Le paysage idyllique et généreux de la campagne avait assimilé sans les rejeter ces éléments étrangers. Cette complaisance surprenante lui apparut comme une trahison, elle qui lui faisait tellement confiance. Elle s'enfuit à toutes jambes. Les chiens aboyèrent encore plus fort, comme pour la chasser.

Ce devait être lui, ce type que Grand-mère et Maman appelaient Genji. Elle en était certaine. Le dégoût jaillit dans sa poitrine comme un nuage noir et menaçant. Elle courait vers sa grand-mère.

Tout était gâché. Tout était gâché, tout était fini, par la faute de ce sauvage, de cet homme vulgaire et répugnant. Pourquoi avait-il fallu qu'un type pareil entre dans sa vie ? Alors que tout, ou presque, se déroulait à merveille.

Mai se sentait sur le point de suffoquer, étranglée par le dégoût et l'indignation auxquels venaient s'ajouter les aboiements des chiens.

Grand-mère, qui avait sorti un baquet dans le jardin de derrière, s'occupait des préparatifs de la lessive. En voyant Mai, le visage blême, revenir en courant, la surprise se peignit sur ses traits, mais elle reprit aussitôt son air habituel.

— Tu peux aller chercher la nappe et les torchons sales dans la cuisine, s'il te plaît ?

Il ne fallut qu'une seconde à Mai pour comprendre qu'il lui serait impossible de trouver les mots pour expliquer à sa grand-mère le choc qu'elle venait de subir. Cette chose-là n'avait pas sa place ici. Elle n'avait aucune envie de parler de ces magazines. Aussi, elle obéit sans rien dire. Elle ne savait pas quoi faire d'autre.

Grand-mère faisait bouillir de l'eau dans un de ses grands chaudrons. Elle lui prit le linge en la remerciant et le plongea dans l'eau bouillante avec du savon.

— Toi, tu vas laver le drap qui est dans le baquet. Enlève tes chaussures, tu vas devoir le piétiner.

Toujours muette, Mai se déchaussa, entra dans la bassine et entreprit de fouler le drap sous ses pieds.

L'eau froide lui éclaboussait les chevilles. C'était une sensation agréable. Mai s'appliquait dans son travail : plus elle piétinait, plus il y avait de mousse, et plus l'eau devenait opaque. Elle aurait voulu piétiner ce drap sans jamais s'arrêter.

— Continue comme ça, c'est parfait. Tu vas bientôt pouvoir jeter l'eau et le rincer.

Elle s'extirpa du baquet et vida l'eau savonneuse. Grand-mère le remplit à nouveau avec de l'eau froide. Cette fois, ses pieds remuaient pour faire sortir la mousse. La dernière eau de rinçage miroitait sous les rayons du soleil.

Une fois rincé, elles attrapèrent chacune l'extrémité du drap et le tordirent pour l'essorer. Une incroyable quantité d'eau en jaillit. Puis elles le déployèrent, le plièrent en deux et le secouèrent pour le défroisser. Grand-mère le posa délicatement sur un buisson de lavande.

— Ça ne va pas le salir ?

— J'ai arrosé la lavande tout à l'heure, elle est propre, ne t'inquiète pas. Le tissu va s'imprégner de son parfum, ce qui nous aidera à mieux dormir.

La nappe et les torchons, qui avaient été mis à bouillir dans la marmite, avaient retrouvé un blanc éclatant. La vieille dame les rinça sous l'eau froide, les essora un par un et s'en alla les suspendre sur une corde à linge qui traversait le jardin.

Mai avait piétiné le drap avec une telle ferveur qu'une fois la lessive terminée, elle se sentait un peu fatiguée.

— Tu n'as pas de machine à laver ?

— J'en avais une autrefois. Je ne l'utilisais plus beaucoup après la mort de ton grand-père, alors elle a fini par tomber en panne, déclara Grand-mère d'un air faussement malheureux, ce qui fit rire Mai et l'aida à se détendre un peu.

Après le déjeuner, elle partit pour le petit coin ensoleillé qu'elle avait découvert la veille. Elle prit place sur sa souche et se laissa aller à rêvasser.

Une nuée d'oiseaux de la famille des paridés, des mésanges de Chine, des mésanges boréales et même des mésanges à longue queue vinrent se percher sur un jeune noisetier. Elles s'envolèrent après avoir gazouillé quelques instants. Tout redevint calme autour d'elle.

Mai ramassa une feuille morte à ses pieds et la posa avec délicatesse au creux de sa main. La lumière du soleil, l'humus tendre recouvert de feuilles sèches, les jeunes arbres aux feuillages d'un vert éclatant qui l'encerclaient comme pour la protéger... Tout cela, elle l'aimait de tout son cœur.

Elle appréciait chacune des secondes passées ici. Elle savourait l'air à chacune de ses respirations, comme on se délecterait d'un nectar. Il lui semblait que sa mésaventure du matin, qui l'avait tellement ébranlée, n'avait jamais eu lieu.

Elle se perdit dans ses pensées pendant un long moment avant de tout à coup se rappeler qu'elle avait un planning à respecter. Elle se releva avec précipitation, prit une dernière et profonde inspiration et rentra à la maison.

Le lendemain matin, pendant le petit-déjeuner, Grand-mère déclara, comme si l'idée venait de lui traverser l'esprit :

— Pourquoi ne pas t'aménager un petit jardin dans un endroit qui te plaît ?

Sur le moment, Mai ne comprit pas de quoi elle parlait et la regarda un peu bouche bée.

— Ici, ou bien sur la colline, tu n'auras qu'à choisir le lieu qui te plaît. Et je te le donnerai.

Mai, sur le point de croquer un morceau de pain, suspendit son geste. C'était un cadeau inattendu. Elle était si touchée qu'elle en eut le souffle coupé.

— Vraiment ? Là où je veux ? demanda-t-elle à voix basse, comme si elle craignait d'effaroucher cette chance.

— Tout à fait. Sauf, bien sûr, là où se trouve la tombe de Blacky.

Son esprit s'envola en un clin d'œil pour aller vagabonder comme le vent entre le jardin et la colline. Sa décision était prise.

— J'ai trouvé. L'endroit que j'aime le plus.

— Déjà ? Dans ce cas, nous irons un peu plus tard. Mais finis d'abord ton assiette.

La priorité n'était plus au petit-déjeuner, mais Mai mangea jusqu'à la dernière miette. Puis elle débarrassa la table et fit la vaisselle, qu'elle essuya avec soin à l'aide d'un torchon de la taille d'une nappe. Les torchons, chez Grand-mère, étaient tous très grands. Elle rangea les assiettes dans le placard, rinça et essora le torchon, le plia en deux et le secoua pour le défroisser, et le mit à sécher sur un étendoir réservé aux chiffons, derrière la porte de la cuisine. Elle n'oublia pas d'arroser la mauvaise herbe installée dans la véranda qui ressemblait à un myosotis. Elle avait pris l'habitude de le faire dès qu'elle passait par là le matin. C'était l'une des choses qu'elle avait décidé de faire en secret tous les jours.

Armée de ciseaux, Grand-mère taillait d'une main experte la sauge devenue trop luxuriante. Les feuilles coupées atterrissaient dans un panier en liane. Un autre panier était déjà rempli de feuilles de menthe, certainement récoltées avant le petit-déjeuner. L'odeur entêtante de la menthe et de la sauge fraîche la prit à la gorge. L'eau dans la grande marmite posée sur le fourneau était en train d'entrer en ébullition.

— Pourrais-tu m'apporter toutes les casseroles et tous les bols que tu trouveras dans la cuisine ?

Mai en empila le plus possible et les transporta dehors.

— Merci. Aligne-les sur le sol, s'il te plaît.

Elle s'exécuta. La vieille dame déposa des feuilles de menthe et de sauge dans les récipients et les remplit d'eau bouillante.

— Parfait ! Le thé aura le temps d'infuser jusqu'à notre retour. Eh bien, allons-y maintenant, annonça-t-elle en encourageant Mai d'un sourire.

Toutes deux s'engagèrent sur le chemin qui menait à la colline.

— Mamie, qu'est-ce que tu vas faire avec tout ce thé ? C'est... un médicament pour moi ? l'interrogea-t-elle, légèrement inquiète.

— Haha haha ! Non, ce n'est pas pour toi. Je vais pulvériser ces infusions dans le jardin et dans le potager. Ce sont des insecticides naturels.

— Oh.

Grand-mère s'arrêta près du poulailler.

— Tu connais le nom de cette plante ? demanda-t-elle en lui montrant une plante qui s'étalait largement devant l'enclos.

— Non. C'est quoi ?

— De la grande chélidoine. Joli nom de fleur, pas vrai ? Mais c'est du poison. Il faut faire très attention.

— On ne dirait pas en la voyant. Je pensais que c'étaient des mauvaises herbes, comme on en trouve partout.

Grand-mère pinça une feuille et l'arracha de sa tige. La sève qui se mit à couler ressemblait à du sang clair.

— Ne mets jamais ce jus à ta bouche. Ce qui est intéressant, c'est qu'il peut aussi s'avérer un excellent remède, particulièrement efficace pour soigner les affections de l'œil. Mais je le répète : tu ne dois jamais, jamais le mettre à la bouche.

Grand-mère avait l'air si sérieuse ! Mai se sentit un peu nerveuse.

— Que ce soit pour la mettre à la bouche ou autre chose, je ne m'approcherai jamais de cette plante, certifia-t-elle.

Un léger sourire flotta sur les lèvres de la vieille dame.

— Pour le moment. C'est sans doute mieux ainsi. Mais je mettrai bientôt par écrit la manière de l'utiliser. Qui sait, peut-être qu'un jour ou l'autre, tu en auras besoin.

Mai remarqua que le coq, occupé à picorer des vers de terre, regardait de temps en temps dans sa direction.

— Tu vas bien ? lui cria-t-elle.

Le roi de la basse-cour, qui ne pouvait évidemment pas répondre à sa question, s'appliqua à gratter le sol de son bec en clignant des yeux d'un air content de lui.

— Vous avez l'air de mieux vous entendre tous les deux, remarqua Grand-mère d'un air intéressé.

— Oh non, répondit Mai en esquissant un sourire comme sa grand-mère avait l'habitude de le faire. C'est même tout le contraire.

— Eh bien, eh bien ! s'exclama la vieille dame en riant. Tu es en train de devenir un peu sorcière, ma chère petite.

Elles traversèrent le petit bois lumineux où s'éparpillaient encore quelques rares fraises sauvages qui n'avaient pas été cueillies et franchirent la colline. Enfin, Mai montra du doigt le petit coin baigné de soleil, entre les bosquets de cèdres et de bambous.

— On y est.

Grand-mère lui répondit par un sourire et s'avança, après une infime hésitation. Elle prit place sur l'une des souches.

— C'est vrai que cet endroit était susceptible de te plaire. Toutes ces vieilles souches... Ces arbres ont été abattus juste avant que nous emménagions. Le bois, certes tout petit, était encore là quand nous sommes venus visiter la maison avant de l'acheter. Il était magnifique. Les souches des arbres qui venaient d'être coupés sentaient merveilleusement bon, mais j'ai été très triste en les voyant. Maintenant des violettes fleurissent un peu partout et le feuillage des jeunes arbres devient de plus en plus abondant. Il y a aussi quelques roses sauvages. J'ai pendant longtemps gardé un souvenir triste de cet endroit, alors je ne me suis jamais beaucoup attardée par ici, pensa-t-elle tout haut, les yeux dans le vague.

— C'était il y a combien de temps, Mamie ?

— Voyons... Il y a quarante ans environ. A cette époque, la route d'en face n'était pas encore aménagée. C'était un chemin plutôt étroit, peu de voitures l'empruntaient. Tu vois ce petit dénivelé au niveau des bambous ? Il marque la frontière.

— Oh.

— De là jusqu'au bois de cèdres, mais aussi la colline qu'on a traversée, le jardin de derrière, le potager et le jardin de devant, tout ceci, c'est ton grand-père qui l'a acheté. A l'époque, l'endroit était plus à l'écart et moins pratique qu'il ne l'est aujourd'hui, tu sais. Mais Grand-père aurait acheté toute la montagne s'il avait pu.

— Alors, si j'ai bien compris, ça veut dire qu'on est pile à la frontière de ce qui nous appartient. Et qu'à partir des bambous, ce n'est plus à nous ?

— Exactement. Je suis contente. De savoir que tu aimes ce lieu… Mais est-ce qu'on va pouvoir le cultiver ?

Mai en prit conscience tout à coup et se renfrogna. Toutes ces souches… aux racines profondément ancrées dans la terre… Comment faire pousser quelque chose ici ? Et puis, si elle le transformait en potager, ce petit coin ne serait plus le même… Mais Mai adorait cet endroit. Quand sa grand-mère avait parlé de lui donner un morceau de terrain, c'était le seul qui lui était venu à l'esprit.

Grand-mère, la voyant si soucieuse, tenta de la consoler :

— Cet endroit t'appartiendra donc. Mais nous n'y toucherons pas, nous allons le laisser tel qu'il est. Et nous pourrions y planter… voyons voir… des cirses, des campanules, de la gentiane, diverses variétés de violettes… Nous allons plutôt choisir des plantes délicates mais résistantes. Que l'on peut mettre en terre à l'aide d'une pelle. Et en automne, on pourra enterrer des bulbes de perce-neige un peu partout, comme un trésor.

L'espoir venait de renaître en Mai. C'était vraiment l'endroit dont elle rêvait.

— C'est une idée géniale ! Je t'aime tellement, Mamie !

Grand-mère plissa les yeux d'un air heureux.

— *I know.*

Elle allait rendre ce petit coin encore plus agréable. Et si elle y plantait le bébé érable d'environ sept centimètres qu'elle avait aperçu derrière ? Ce serait bien s'il y avait aussi un nid de quelque chose. D'un petit oiseau, ou même d'un muscardin… Ah ! mais… peut-être que ce serait aussi bien de ne rien changer du tout ? Les pensées se bousculaient dans sa tête sur le chemin du retour. Grand-mère avait baptisé l'endroit *Mai Sanctuary*.

Les infusions aux herbes qu'elles avaient préparées avant de partir avaient pris une jolie teinte foncée. Grand-mère en versa dans l'arrosoir, ajouta de l'eau et demanda à Mai d'aller s'occuper du potager. Mai fit plusieurs allers-retours. Munie d'un autre arrosoir, la vieille dame, quant à elle, versait l'insecticide sur les plantes du jardin de derrière.

La tisane perlait sur les feuilles de chou rouge, petites gouttes tremblotantes d'ambre translucide. Les chenilles et pucerons qui s'y étaient réfugiés prirent la fuite précipitamment. Mai éclata de rire en les voyant. Le petit coin ensoleillé n'avait pas quitté son esprit une seule seconde. Ah ! *cet* endroit était vraiment devenu *son* endroit…

Plus tard, beaucoup plus tard, Mai apprendrait que Grand-mère lui avait véritablement légué ce bout de terrain. Ce qui avait permis de sauver la colline de l'exploitation.

Ainsi, les combinaisons de tâches à accomplir et de temps libre rythmaient peu à peu le quotidien de Mai. Une régularité qui était plutôt agréable.

Son entraînement pour devenir sorcière était bien différent de ce qu'elle avait cru au début, mais tout était nouveau pour elle et amusant malgré tout.

Le temps dont elles disposaient après dîner était désormais consacré au *b.a.-ba de la sorcière*, la condition sine qua non pour en devenir une étant visiblement de *prendre ses propres décisions*. Par exemple, un soir :

— Ferme les yeux.

Mai serra les paupières.

— Imagine le mug que tu aimes tant.

— C'est fait.

— Tu le visualises vraiment ? Au point d'avoir l'impression de le toucher si tu tends la main ?

— Quoi ? Non !

Elle avait beau utiliser ce mug tous les jours, elle n'arrivait pas à se représenter tous ses détails.

— Tu peux y arriver. L'astuce, c'est de t'approprier ce que tu ressens le matin, juste avant d'ouvrir les yeux, quand tu te trouves encore à la frontière entre les rêves et la réalité. A partir de maintenant, tous les matins, tu essaieras d'avoir réellement conscience de cet instant et de le capturer. Ensuite, tu devras t'entraîner à voir ce que tu as décidé de voir. Au début, cela pourra être ton mug ou une pomme, peu importe. Une fois que tu auras réussi, tu chercheras à voir ce que tu ne vois pas réellement. *J'ai envie de voir le contenu de cette boîte*, par exemple. Il te faudra beaucoup de temps pour y parvenir. Mais écoute bien. Le plus important, c'est la force de la volonté, la volonté de voir, d'entendre ce que tu désires, et uniquement quand tu le désires. Voir ou entendre quelque chose quand tu ne le souhaites pas, c'est dangereux et très désagréable, et c'est indigne d'une sorcière accomplie.

Mais alors, c'était quoi, ce que la grand-mère de Grand-mère avait vécu ? Comme si elle avait lu dans ses pensées, la vieille dame reprit :

— Ma grand-mère n'avait pas conscience d'être une sorcière. Du moins au début. C'est pour cette raison que ces visions aussi brutales que soudaines, alors qu'elle n'y était pas du tout préparée, étaient vraiment éprouvantes à vivre. Cela n'arrive jamais à une sorcière bien entraînée. Voir ce qu'on souhaite voir, entendre ce qu'on souhaite entendre. Un souhait approprié, qui suit le cours des choses, devient lumière et s'accomplit. C'est un don vraiment magnifique.

C'était aussi ce que pensait Mai. Mais quand arriverait-elle à le posséder ? Et sa grand-mère, elle, en était-elle capable ?

— Tu y arrives toi, Mamie ? demanda-t-elle sans pouvoir se retenir.

Grand-mère eut son habituel sourire de sorcière.

— Que j'en sois capable ou non, je ne le fais pas. Parce que je n'en ai pas besoin.

— Et pourquoi ça ? s'exclama-t-elle, avec l'impression que la vieille dame avait esquivé sa question.

— Eh bien... Elle détourna légèrement le regard et répondit tout en réfléchissant : Comme tout le monde, je me lève le matin. Ça dépend des saisons, mais parfois il fait encore nuit, parfois le soleil est déjà dans le ciel, comme en ce moment. L'air est pur et limpide, une nouvelle journée est sur le point de commencer. Je fais bouillir de l'eau, je me prépare un thé. Puis je sors dans le jardin et je me réjouis du spectacle de mes plantes. Quelquefois, je découvre qu'une pousse à laquelle je ne m'attendais pas vient tout juste de sortir de terre, que des bourgeons ont grossi, ou que la rosée perle sur de jeunes feuilles d'un vert éclatant. Le jardin change tous les jours. Et je me mets au travail. Je ne souhaite rien d'autre que cette vie. Savoir ce qui va arriver m'enlèverait le plaisir de la surprise. Donc, je n'en ai pas besoin.

— Mais moi, je ne peux pas continuer comme ça.

— Pourquoi ?

— Parce que… parce que… balbutia Mai.

C'était évident non ? Pourquoi lui posait-elle la question ?

— Parce qu'il y a l'école et…

— Tu peux rester ici pour toujours. Si c'est ce que tu souhaites, je pourrai demander la permission à ta maman, assura Grand-mère avec douceur.

Mai était stupéfaite. Jamais elle n'avait envisagé cette possibilité. Vivre ici pour toujours, avec sa grand-mère… C'était comme si, au cours d'un long périple par une lande sauvage et déserte balayée par la tempête, un voyageur solitaire trouvait enfin une cabane où se réfugier, dans laquelle il découvrait un feu chaleureux et un plat fumant, et surtout, surtout, un visage au sourire affectueux qui semblait lui dire qu'il n'avait plus besoin de retourner dehors.

Mai eut l'impression que toutes ses forces l'abandonnaient. Persuadée qu'elle devrait y retourner un jour, elle s'était jusque-là constamment tenue sur la défensive.

— Mais si je ne rentre pas, Maman sera toute seule... J'aime vivre ici avec toi, mais...

— Entendu. Dans ce cas, il va falloir t'appliquer dans ton entraînement, conclut Grand-mère avec un sourire.

Pourquoi, à ce moment-là, n'avait-elle pas choisi cette maison, son unique refuge au milieu de la lande sauvage et déserte ? Mai se poserait longtemps la question. Elle aurait aussi pu demander un peu de temps pour réfléchir...

Son refus avait été instantané, comme précipité. Cette histoire avec Maman n'était rien d'autre qu'un prétexte. Et il ne faisait aucun doute que Grand-mère le savait.

Son corps et son esprit avaient décliné l'invitation à une vie paisible, refusé d'abandonner leur position de combat. Devenue adulte, elle n'arriverait toujours pas à savoir si cela avait été une décision saine ou au contraire un peu tordue.

Mai se sentait coupable d'avoir rejeté l'offre de sa grand-mère.

— Et toi Mamie, qui est-ce qui t'a formée ? la questionna-t-elle, comme pour se rattraper.

— Ma tante. C'est elle qui a fait notre apprentissage, à ma petite sœur et moi. Ma sœur était beaucoup plus douée. Elle était passionnée par ce genre de choses et possédait un talent inné.

La petite sœur de Grand-mère, Mai la connaissait un peu. Chaque année, elle envoyait une carte de Noël à Maman. Et elle écrivait toujours un petit mot pour Mai. Alors elle aussi... La famille du côté anglais de Grand-mère, qui jusqu'alors demeurait très vague à ses yeux, lui parut tout à coup plus proche, plus familière.

— Elle en a même fait son métier.

— Et tu n'utilises pas ton don ? Jamais ?

La vieille dame regarda au loin, un sourire paisible sur les lèvres.

— Eh bien... il y a une seule chose... je sais quand elle va arriver.

— Laquelle ?

— Ça, c'est mon petit secret ! répondit-elle avec un clin d'œil.

— J'ai encore plus envie de savoir maintenant ! Mais tout à l'heure, tu m'as dit que ça ne t'intéressait pas de connaître à l'avance ce qui allait se passer. C'est différent dans ce cas ? Il vaut mieux le savoir ?

— Eh bien... c'est plus au moins à mes trousses.

— Je me demande ce que c'est.

— Tu comprendras le moment venu.

Le moment de comprendre pour Mai viendrait deux ans plus tard.

Trois semaines environ après son arrivée, Mai, à moitié endormie, se rendit au poulailler pour y ramasser des œufs, comme elle le faisait chaque matin.

Un calme étrange – que jamais elle n'oublierait – régnait dehors. Bizarre, songea-t-elle distraitement.

Cette ambiance singulière, comme si le monde guettait quelque chose en retenant son souffle, atteignit son paroxysme aux environs du poulailler. Quand elle arriva devant l'enclos, une petite voix lui ordonna avec force de ne pas regarder. Les images fugaces du poulailler, à la manière des images d'un documentaire, resteraient à jamais gravées dans sa mémoire.

Des plumes éparpillées. Une tête surmontée d'une crête. Des yeux blancs. Des pattes tendineuses. Des morceaux de chair couverts de plumes.

Elle oublia de respirer pendant quelques secondes et, comme pour s'extirper de cette horrible scène, hurla de toutes ses forces. Puis elle s'enfuit à toutes jambes. Grand-mère sortit en trombe de la cuisine.

— Qu'est-ce qui se passe ?

— Les poules…

Elle se couvrit le visage de ses mains. Non, non, surtout pas, elle ne devait surtout pas céder à la panique… Des yeux, quelque part en elle, observaient avec sang-froid les émotions en train de la submerger.

— Oh, déclara simplement la vieille dame qui semblait avoir compris. Viens, rentre.

Mai se rua à l'intérieur. Elle jeta un coup d'œil à la gazinière. Le feu était éteint sous la poêle. Il n'y avait que sa grand-mère pour avoir un réflexe pareil. Une petite voix lui murmura de se concentrer pour se calmer et maîtriser la situation.

La vieille dame lui prépara un lait chaud et se tint face à elle.

— C'est déjà arrivé, tu sais. Sûrement l'œuvre d'un chien errant ou d'une belette. Quand Blacky était là... Elle alluma le feu sous la bouilloire, sortit de la pièce et termina, tout en cueillant des feuilles de menthe : ... ça n'arrivait jamais.

Elle rinça rapidement les feuilles et les jeta dans la théière, qu'elle remplit d'eau frémissante.

— Je ne veux rien manger. Je ne veux pas de petit-déjeuner, dit Mai d'une voix sans force.

— Bien... Mais prends au moins une tasse de thé, répondit-elle en la couvant d'un regard compatissant.

Elle remplit son mug préféré et le lui apporta. Mai avait toujours eu la sensation que le thé à la menthe de Grand-mère était son allié. Elle sentait sa volonté de la consoler, de la calmer, de lui remonter le moral.

— Je vais demander à Genji de nous réparer le grillage...

Un poids immense s'abattit sur ses épaules. Genji allait venir. Même le thé à la menthe ne pouvait plus rien pour elle.

Grand-mère lui annonça qu'elle devrait occuper sa matinée à faire le ménage, tandis qu'elle-même partirait nettoyer le poulailler.

Mai décida de commencer par sa chambre au premier étage et, munie d'un balai et d'une pelle, elle grimpa les escaliers à la vitesse d'un escargot. Elle prit soin d'insérer un marque-page dans le livre qu'elle était en train de lire et le rangea dans la bibliothèque. Elle fit le lit comme Grand-mère le lui avait appris en lissant bien la couverture. Puis elle ouvrit la fenêtre et aperçut sa Grand-mère au loin.

Maintenant qu'elle y pensait, elle se souvenait d'avoir entendu les poules faire du tapage au cours de la nuit. Cela leur arrivait parfois, et sur le moment, elle avait simplement cru qu'un chat errant était passé par là. Grand-mère lui avait raconté que ces derniers temps, des gens venaient jusqu'ici abandonner leur animal. Mais elle s'était trompée. Ce qu'elle avait entendu cette fois était les cris d'agonie des poules. Comment ne s'en était-elle pas rendu compte ? On entendait moins bien depuis l'autre chambre mais elle, au moins, aurait dû le remarquer. A présent il était trop tard. Jamais plus elle n'entendrait dans son demi-sommeil le cri de guerre poussé par le coq dans le clair-obscur du matin.

Accablée, Mai balaya sous le lit avec acharnement. Une fois le ménage de sa chambre terminé, elle ouvrit la porte de la pièce de Grand-père.

Le parfum des vieux livres poussiéreux embaumait l'air, comme si le temps s'était arrêté seulement ici. Au niveau du seuil, le plafond était suffisamment haut pour qu'un adulte puisse se tenir debout, mais il s'inclinait à mesure que l'on s'avançait. Difficile, dans ces conditions, de trouver une destination à cette pièce.

On avait vue sur le jardin de devant depuis la fenêtre. La cime du chêne était toute proche. Un vert dense, profond, porteur d'espoir. Sur la bordure reposait une pierre à l'éclat mystérieux, une fluorite, que Grand-père avait dénichée quand il était allé en Angleterre avec Grand-mère. La pierre était verte mais libérait une lueur d'un blanc bleuté. Grand-père adorait les minéraux.

Un cristal de stibine en forme de petite épée, des cristaux qui auraient bien pu être des fragments du pays de glace, un morceau de granite riche en micas et quartz, et bien d'autres pierres rouges, bleues, vertes que Mai ne connaissait pas reposaient sans ordre précis sur l'étagère, une planche de bois brut accrochée au mur. Des livres qui ne rentraient pas dans la bibliothèque étaient empilés çà et là à même le sol.

Grand-mère n'avait pas touché à la pièce après la mort de Grand-père.

Mai ouvrit la fenêtre et passa un rapide coup de balai. Elle balaya ensuite les escaliers, alla chercher un seau et des chiffons, remonta à l'étage et essuya le bureau et les étagères. Elle fit également le ménage dans le salon et dans la chambre de Grand-mère, et pour finir, elle monta toutes les chaises sur la table de la cuisine et passa la serpillière.

Quand sa mission fut achevée, il était déjà presque midi. A un moment, elle avait frissonné en entendant la voix de Genji derrière les fenêtres. Grand-mère était sûrement allée lui demander de l'aide. Hors de question qu'elle s'aventure dehors.

La vieille dame entra alors qu'elle se lavait les mains.

— C'est impeccable, Mai, merci beaucoup ! Qu'est-ce qu'on pourrait se préparer à déjeuner ? Tu ne veux toujours rien manger ?

Mai fit signe que non.

— Je vais quand même te préparer de la gelée à la jolie couleur transparente, déclara Grand-mère gentiment.

Mai avait prévu de lire un livre pour son cours de japonais de l'après-midi, mais elle n'arrivait absolument pas à se concentrer. Le poulailler qu'elle apercevait depuis sa chambre avait l'air plus spacieux sans son grillage. D'après Genji, un chien errant ou une belette s'était introduit à l'intérieur en creusant sous le grillage, c'est pourquoi il allait falloir faire une tranchée d'au moins trente centimètres et couler du ciment. C'est un petit poulailler, ce sera vite fait, lui avait expliqué Grand-mère pendant le déjeuner. Quoi qu'il en soit, Genji allait creuser la tranchée l'après-midi même et reviendrait le lendemain pour le ciment.

Mai abandonna son livre et sortit de la maison. Elle comptait aller à *son endroit*, mais pour ce faire, elle était obligée de passer devant le poulailler. Sa poitrine se serra, mais elle prit son courage à deux mains et marcha d'un pas résolu.

La chélidoine s'écrasait misérablement sous le poids du treillis déchiré qu'on lui avait jeté dessus. Quel manque de délicatesse !

Son esprit désirait contourner le poulailler le plus rapidement possible, mais son corps cherchait à s'attarder. Quel animal pouvait déchirer un grillage de cette manière ? Les poules couraient, pondaient, ébouriffaient leurs plumes, picoraient des vers la veille encore. Quand elle se rappela les morceaux de chair éparpillés, balancés comme de vulgaires objets, son cœur se gonfla d'une indicible tristesse.

Elle remarqua des touffes de poils brun clair accrochés au grillage. Belette, renard ou chien ? Elle ne savait pas qui était le coupable. Mais quand elle prit conscience que ces poils avaient appartenu au pelage de cet animal, une sorte de haine, mêlée à un autre sentiment qu'elle n'arrivait pas à identifier, se déchaîna en elle. Cet animal existait bel et bien, et le poulailler avait bel et bien été la scène d'une tragédie sanglante. Comme en témoignaient ces poils. Le coq si orgueilleux, même surpris par la soudaineté de l'attaque, avait dû combattre avec bravoure pour protéger ses poules.

Mai serra les dents et quitta les lieux. Elle rejoignit directement *son endroit* et prit place sur sa souche préférée. Elle pensait pouvoir soigner ici son chagrin, mais bientôt, elle réalisa que l'atmosphère était différente de d'habitude.

Au début, ce n'était qu'un ensemble de bruits divers qui n'avaient pas de sens. Le frémissement des feuilles, des brindilles qui tombent, la faible rumeur des voitures au loin. Mais l'antenne de Mai, devenue plus sensible, échappa un peu à son contrôle et essaya arbitrairement de trouver un sens à ces bruits.

Il lui sembla que le camphrier au tronc rugueux, les bambous fanés un peu plus loin et les fourrés des envahissantes puéraires chuchotaient, susurraient, murmuraient :

Hier soir, hier soir... barbarie...
Cris d'agonie déchirant les ténèbres
Répugnant, répugnant...
Chair répugnante et détestable

Le ciel s'assombrit tout à coup, le vent se mit à siffler, balayant les arbres, révélant le dos blanchâtre de leurs feuilles. Un oiseau lui frôla la tête dans un puissant battement d'ailes. Effrayée, Mai prit la fuite sans un regard en arrière.

Ce soir-là, Mai demanda à sa grand-mère si elle pouvait dormir avec elle. La vieille dame accepta avec plaisir. Le sol de la chambre étant recouvert de tatamis, on y dormait sur des futons. Grand-mère lui en sortit un, qu'elle mit tout contre le sien. Mai alla chercher deux draps, recouvrit le futon du premier et étendit le second sur la couverture, faisant le lit comme sa grand-mère le lui avait appris. C'était devenu une habitude.

Elle se glissa dans son futon tandis que Grand-mère éteignait la lumière, ne gardant allumée qu'une lampe de chevet à côté de son oreiller. Puis elle se coucha à son tour. Mai s'empressa de prendre la parole avant qu'elle ne lui souhaite bonne nuit. Elle lui raconta l'incident lugubre et effrayant survenu l'après-midi même à l'endroit qu'elle chérissait tant.

— Ne t'inquiète pas, ce n'était rien du tout. Tu étais particulièrement troublée aujourd'hui, voilà tout. N'y fais pas attention. Ignore ce qui s'est passé.

— Pourquoi ?

— Parce que ces voix, tu n'as pas souhaité les entendre. Si tu accordes trop d'importance à cet incident à première vue mystérieux, tu te laisseras à chaque fois bouleverser par le même genre d'événement. Tu n'as pas à avoir peur non plus.

Car ce serait aussi y réagir. Relève la tête. Elle redressa le menton pour illustrer ses propos et reprit : Le mieux est de simplement l'ignorer. Une sorcière accomplie ne se laisse jamais perturber par ce type de stimuli extérieurs.

C'est tout bonnement impossible, pensa Mai.

Mais, plus encore que cette histoire, il y avait une chose dont elle devait à tout prix lui parler. Ce à quoi elle pensait depuis toujours, ce qui la terrifiait depuis des années et des années. Elle avait beau essayer de ne pas y penser, quand venait la nuit, cette chose ne pouvait pas sortir de sa tête. Cela la hantait. Elle avait l'impression d'être engloutie par un trou noir, elle avait envie de hurler. Depuis des années et des années.

— Mamie, l'appela-t-elle doucement.

— Oui ? répondit sa grand-mère, elle aussi à voix basse.

— Quand les gens meurent, que deviennent-ils après ?

En entendant la question, Grand-mère laissa échapper un grognement inarticulé et soupira.

— Je ne sais pas. Pour ne rien te cacher, je ne suis jamais morte.

La tension qui habitait le corps de Mai se relâcha d'une drôle de manière. Elle pouffa, amusée par la réponse.

— Mamie, enfin !

Grand-mère rit à son tour.

— Même si mon heure n'est pas encore venue, j'ai vécu l'expérience de la mort avec celle de ton grand-père. J'ai aussi appris beaucoup de choses en m'entraînant à devenir sorcière. Et puis, à mon âge, on sait qu'on est dans son collimateur, dit-elle en lui faisant un clin d'œil. On pourrait presque dire que je suis une experte. Tu en as de la chance, Mai.

— C'est vrai. Tu as l'air d'en savoir bien plus que Papa. C'est à toi que j'aurais dû demander en premier.

— Tu lui as déjà posé la question ?

Mai se tut quelques instants.

— Mmm… Il y a quelques années.

— Et qu'est-ce qu'il t'a répondu ?

Elle garda à nouveau le silence. Quand enfin elle essaya d'ouvrir la bouche, elle sentit sa poitrine se comprimer et ne put cacher les larmes dans sa voix.

— Il a dit que, quand on meurt, tout prend fin. On n'a plus conscience de rien et ce qu'on était finit par complètement disparaître. Quand je lui ai demandé si le soleil se lèverait encore le matin et si tout le monde continuerait de vivre une vie normale si je venais à mourir, il m'a répondu que oui, bien sûr.

Ses derniers mots l'avaient fait éclater en sanglots. Grand-mère, qui l'avait écoutée en silence, souleva un pan de sa couverture.

— Viens par ici, Mai, dit-elle avec douceur.

Mai se glissa dans le lit de sa grand-mère en pleurant. Grand-mère lui caressa le dos.

— Et cela te fait beaucoup souffrir, n'est-ce pas ?

Ses sanglots redoublèrent. Grand-mère continua de lui caresser le dos pendant un long moment. Ses pleurs s'espacèrent enfin.

— Parlons un peu de ce que moi je crois qu'il y a après la mort, tu veux ? murmura la vieille dame.

— D'accord, accepta Mai d'une petite voix.

— Je pense que les gens ont ce qu'on appelle une âme. Nous sommes constitués d'un corps fait de chair et d'une âme. D'où vient l'âme, ça je ne le sais pas très bien. Il y a de nombreuses théories à ce sujet. Notre corps est là de notre naissance à notre mort, mais l'âme, elle, doit continuer son long, très long voyage, même après la mort. Elle vient se loger dans le corps tout neuf du bébé qui vient de naître, mais elle était là depuis très très longtemps, et après avoir quitté ce corps usé par le poids des années, elle reprend à nouveau son long voyage. Mourir signifie que l'âme attachée au corps s'en détache et devient libre, c'est ce que je pense, en tout cas. J'imagine que c'est un soulagement et une joie pour elle.

— Alors mon âme, c'est moi ?

— C'est plutôt l'alliance entre ton âme et ton corps qui fait que tu es toi.

Mai s'accorda quelques instants pour réfléchir, mais elle ne comprenait pas très bien.

— Mais… qu'est-ce qui arrivera à mon esprit qui réfléchit, qui est heureux ou triste ? Sa disparition, c'est ça qui me fait le plus peur.

— Tout à l'heure, je t'ai dit que les sorcières accomplies ne réagissent pas aux stimuli extérieurs. Mais il est impossible de les ignorer totalement. J'aurais dû dire, pour être plus précise, que le taux de réaction des sorcières face à ces stimuli est faible. Puisque nous sommes des êtres faits de chair et d'os, nous avons mal quand nous nous coupons, notre esprit se brouille quand nous avons de la fièvre. Certains s'énervent facilement quand ils ont faim et qu'il n'y a rien à manger...

— Je suis un peu comme ça, moi.

— Vraiment ? On pourrait aussi dire qu'un manque de calcium te rend irritable. Tu as un corps, et ce corps exerce une influence sur ton esprit.

— C'est l'alliance entre le corps et l'âme qui fait que je suis moi ?

— Exactement. Et comme mourir signifie que la partie « corps » disparaît, il est difficile de pouvoir affirmer que tu resteras la Mai que tu es après la mort.

— Alors être une sorcière, ça veut dire s'entraîner à mourir alors qu'on est encore en vie ?

— Tout à fait. S'entraîner à mourir pour vivre pleinement.

Mai resta plongée dans ses pensées un instant.

— Dans ce cas... j'ai l'impression que ce n'est pas forcément une bonne chose d'avoir un corps. On dirait qu'il sert juste à souffrir.

Les morceaux des corps des poules éparpillés sur le sol, devenus choses impuissantes, lui traversèrent l'esprit.

— Ces poules ont connu un sort cruel, murmura Grand-mère d'une voix chargée de tristesse.

Mai se demanda comment elle avait pu deviner ses pensées, mais elle savait qu'il était inutile de s'attarder sur la question.

— Est-ce que c'est vraiment indispensable d'avoir un corps si c'est pour vivre ce... ce genre d'expérience ? répliqua-t-elle sur un ton de reproche.

— Il leur est arrivé ce qui leur est arrivé. L'âme ne peut faire l'expérience de la vie qu'à travers un corps, et c'est seulement grâce à ces expériences qu'elle peut grandir. C'est pourquoi vivre en ce monde est une chance inespérée pour elle. Car l'opportunité de grandir lui est donnée.

— Grandir... Mai, sans en comprendre la raison, se sentait en colère. Pour quoi faire ?

Grand-mère poussa un petit soupir contrarié.

— Je comprends. Mais c'est ainsi, c'est l'essence même de l'âme. Tout comme les graines germent au printemps, tout comme elles poussent en cherchant la lumière, la nature même de l'âme est de grandir.

Mai n'était pas satisfaite par cette explication. Mais elle devait bien reconnaître que le poids qui pesait sur son cœur et la faisait souffrir depuis des années s'était envolé, et comme si une nouvelle porte venait de s'ouvrir devant elle, elle se sentait plus optimiste.

— Avoir un corps procure aussi tout un tas de plaisirs. N'es-tu pas heureuse quand tu te glisses dans des draps qui sentent bon la lavande et le soleil ? N'es-tu pas heureuse quand tu trouves une clairière et te laisses réchauffer par les doux rayons du soleil par une froide journée d'hiver ? N'es-tu pas heureuse quand une brise fraîche te caresse alors que tu es assise à l'ombre d'un arbre en plein été ? La première fois que tu as réussi à faire un tour complet à la barre en gymnastique, n'as-tu pas senti la joie de sentir bouger ton corps exactement comme tu le voulais ?

Elle avait raison, bien sûr. Mai gonfla ses joues en une moue et acquiesça. Grand-mère lui sourit et, comme pour clore la discussion :

— Il est temps de se dire bonne nuit.

Quand elle ouvrit les yeux le matin suivant, elle ne savait plus où elle se trouvait. Mais les souvenirs ressurgirent aussitôt et quand elle se tourna, elle vit que le futon à côté d'elle était vide. Ses pensées s'étaient longtemps bousculées dans sa tête après leur discussion et le sommeil s'était fait attendre. Elle jeta un coup d'œil à sa montre. Déjà sept heures trente. Elle se leva à toute vitesse et fila dans la cuisine.

— Bonjour, Mamie ! lança-t-elle en s'emparant du bol avec lequel elle allait toujours ramasser les œufs.

— Mai… dit Grand-mère en secouant la tête, une expression indéchiffrable sur le visage.

— Ah oui, bien sûr.

Elle se rappela tout à coup. Aujourd'hui était la suite d'hier.

La vieille dame avait préparé une bouillie de riz pour le petit-déjeuner. Mai essuya la table, sortit les cuillères et les baguettes. Grand-mère disposa les bols sur un plateau et les apporta à table.

— La première fois que j'ai fait cette bouillie, juste après mon mariage, elle était immangeable. Je croyais sincèrement qu'ajouter beaucoup de sucre allait améliorer la recette.

— Pourquoi as-tu fait ça ? s'écria Mai sans cacher sa surprise.

— Il existe ce genre de douceur à base de riz. Grand-père, qui avait attrapé un méchant rhume, avait envie de manger de la bouillie de riz, « du riz un peu gluant », m'avait-il expliqué. Je croyais savoir ce dont il parlait, et j'étais sûre de pouvoir le faire, alors... Grand-mère eut un rire étouffé. J'y avais mis des raisins secs, du lait, un tas de choses, et comme il me l'avait demandé, j'avais joliment disposé des *umeboshi*, des prunes confites salées, sur le dessus. Je me disais bien que c'était un peu étrange, mais enfin...

— Papi l'a mangée ?

— Oui ! Sûrement il n'a pas voulu me blesser. Il avait beaucoup de fièvre et il avait perdu le goût à cause de son rhume, alors... il l'a mangée.

— Papi était très gentil. Tu ressembles tellement à une Japonaise aujourd'hui que j'ai du mal à croire que tu as pu faire ce genre de bêtise. Tu es même plus forte que moi en japonais...

— L'entraînement, l'entraînement. Un jour ou l'autre, ton entraînement aussi portera ses fruits.

La vieille dame eut un grand sourire. Mai se sentait de bien meilleure humeur que la veille. Et la bouillie de riz était un vrai délice.

— J'ai fait un drôle de rêve cette nuit, déclara-t-elle en savourant une cuillerée.

Cela venait tout à coup de lui revenir.

— Quel genre de rêve ?

— J'étais un crabe. D'abord j'étais un bébé crabe, mon corps était tout mou et c'était plutôt confortable, mais plus je grandissais et plus mon corps devenait dur. J'avais l'impression que le noyau au centre de mon corps était sur le point de devenir très dur et au moment même où je croyais que c'était la fin, j'ai commencé à muer. Peut-être que j'ai fait ce rêve parce que j'ai vu une écrevisse muer une fois.

— Et qu'as-tu ressenti ? demanda Grand-mère d'un air fortement intéressé.

— Je me suis sentie délivrée... fraîche et reposée, comme quand on prend un bain pour la première fois depuis longtemps. J'ai pensé, c'est ce qu'on doit ressentir quand l'âme quitte le corps au moment de la mort.

Grand-mère ferma les yeux.

— C'est un bon rêve, murmura-t-elle avec un accent ému.

— Oui, je me sentais vraiment bien. Mais je ne sais pas si ça se passe vraiment comme ça en réalité.

— Une fois morte, je te le ferai savoir, affirma Grand-mère.

— Oh ! C'est vrai ? La joie que Mai venait d'exprimer la rendit aussitôt confuse. Mais euh... il n'y a pas d'urgence, je... simplement...

Fait assez rare pour être souligné, la vieille dame se mit à rire à gorge déployée.

— Je sais, je sais. Je ferai en sorte de ne pas te faire peur. Je t'apporterai juste la preuve que l'âme se détache bien du corps à la mort.

— Je compte sur toi. Mai inclina profondément la tête pour la remercier. J'accepte les fantômes, si c'est le tien, bien sûr. Evite juste de surgir quand je me lève en pleine nuit pour aller aux toilettes.

— Je vais y réfléchir, conclut Grand-mère avec son habituel sourire de sorcière.

Le téléphone se mit à sonner dans le salon.

— A cette heure-ci, ça ne peut être que ta mère qui appelle avant de partir au travail.

Mai se leva pour suivre sa grand-mère qui entrait dans la pièce d'un pas pressé.

— Allô ?... Oui, on avait deviné que c'était toi qui appelais... Elle lui fit un clin d'œil qui signifiait « tu vois ? ». Oui... oui, tout va bien. On s'amuse bien toutes les deux. On a dormi ensemble la nuit dernière... Oh oh ! Quand c'était toi, tu... ah... ah bon ? Eh bien... oui, une seconde.

Elle tendit le combiné à Mai.

— Maman ? Oui, ça va... oui, oui je suis sage... Quoi ? Papa va venir ? Pourquoi ?...

Mmm… non rien, c'est juste que… d'accord. Passe une bonne journée.

Mai raccrocha et regarda sa grand-mère avec des yeux ronds comme des soucoupes.

— Papa va venir ici.

— Peut-être qu'il nous a entendues parler de lui hier soir, chuchota Grand-mère en écarquillant elle aussi les yeux.

Toutes deux retournèrent dans la cuisine, et Papa devint le sujet de leur conversation.

— Est-ce qu'il vient exprès pour moi ?

— Ta mère m'a dit qu'il avait travaillé plusieurs jours fériés de suite et qu'il allait prendre des petites vacances pour compenser.

— Il ne sera pas là avant une semaine.

— Qu'est-ce que nous allons préparer de bon pour sa venue ? Il sera peut-être un peu déçu de ne pas avoir d'œufs…

— Non, je ne crois pas…

Au même moment, Mai entendit des bruits de pas qui se rapprochaient. Elle jeta un coup d'œil par la fenêtre et aperçut Genji, un sac de ciment sur le dos. Elle rentra instinctivement la tête dans les épaules.

— Oh, voilà Genji ! Il est encore tôt pourtant, dit Grand-mère avant de sortir à sa rencontre.

Mai prit tout son temps pour ranger et nettoyer, et comme à son habitude, n'oublia pas d'arroser la mauvaise herbe qui ressemblait à un myosotis.

La petite pièce coincée entre les deux portes était une véranda aux parois de verre, mais la boue séchée avait dépoli la vitre à l'endroit où poussait la petite fleur.

Mai eut une idée. Cette fleur, elle allait l'appeler « Princesse Myosotis ». Elle savait que c'était ainsi qu'on désignait une plante qui ressemblait à une autre, mais en plus petit.

Elle entendit quelqu'un revenir du poulailler et se précipita à l'intérieur. C'était Genji. Peut-être allait-il chercher quelque chose qu'il avait oublié. Il marchait en balançant les épaules. On aurait cru une petite montagne en mouvement.

Comme la limace qui rampe et laisse après son passage une traînée blanchâtre et visqueuse facilement reconnaissable, la trace laissée par cet homme, la puanteur laissée après son passage faisait frémir les plantes, qui ne pourraient plus redevenir comme avant. Probablement jusqu'à ce qu'elles soient exposées à la rosée pure et fraîche du soir, puis séchées par les rayons immaculés du soleil matinal, songea Mai avec dégoût.

Genji revenait. Mai se barricada dans le salon, fermant la porte, tirant les rideaux.

Le salon aux rideaux tirés semblait être une tout autre pièce. Mai attendait patiemment que passe la tempête. Et l'opération de sauvetage décidée par Grand-mère. Elle attendait sans bouger, quand de petits sifflements commencèrent à s'élever depuis le fond de sa gorge. Elle se força à respirer. Encore ! Voilà que ça recommençait… en plein jour cette fois ? Comme la pièce était plongée dans le noir, peut-être que son corps se trompait et pensait que la nuit était tombée ? Elle se tenait aussi immobile qu'un cocon, attentive aux signaux de son corps.

— Tiens donc, c'est ici que je te trouve.

La porte s'était ouverte, laissant entrer la lumière en même temps que Grand-mère.

— On pensait boire un thé avec Genji, mais…

— Je ne me sens pas très bien. Je peux aller me reposer un peu ? l'interrompit Mai avec une hâte excessive.

Elle était soulagée de ne pas avoir à vraiment mentir. Elle avait simplement inversé l'ordre. Ce n'était pas parce qu'elle se sentait mal qu'elle était ici, c'était parce qu'elle était restée cloîtrée ici qu'elle avait commencé à se sentir mal. Il valait mieux ne rien en dire.

— Bon… va t'allonger en haut… c'est mieux dans le noir ? Tu as fermé les rideaux… Grand-mère s'approcha d'un air inquiet et lui posa une main sur le front. Tu n'as pas de fièvre, on dirait.

— J'avais du mal à respirer.

Grand-mère fronça les sourcils.

— Peut-être qu'il y a trop de poussière sur les rideaux ?

— Ça va aller. J'ai même l'impression que ça va déjà mieux, souffla Mai faiblement avant de monter les escaliers.

— Au fait, Genji a apporté des œufs. Nous n'aurons qu'à les manger un peu plus tard, s'écria Grand-mère d'une voix enjouée en bas des marches.

Mai s'arrêta net.

— J'en veux pas ! répondit-elle brusquement avant d'entrer dans sa chambre.

Comme il était agréable de plonger dans son lit dans la pièce baignée de lumière, de s'enrouler dans des draps propres et frais. Cachée ici, elle n'aurait pas à croiser Genji. A moins de s'approcher de la fenêtre et de regarder vers le poulailler. Le sifflement au fond de sa gorge était en train de s'atténuer. Elle s'était endormie tard la veille au soir, et ses paupières se firent soudain lourdes.

Quand elle ouvrit les yeux, l'obscurité régnait dans la chambre. Désorientée, elle ne savait plus si c'était le matin ou l'après-midi. Bien sûr, elle avait fait une sieste ! Elle avait dû dormir longtemps. Sans savoir pourquoi, elle se sentit tout à coup triste et désemparée, comme si on l'avait abandonnée, comme si elle se retrouvait seule en ce monde. Ah… voilà la nostalgie qui fait son grand retour… se dit-elle, résignée. Quoi qu'il en soit, elle allait chercher Grand-mère. La vieille dame était dans la cuisine en train de faire mijoter un petit plat. Mai se sentit soulagée.

— Mamie…

— Tu m'as fait peur ! répondit Grand-mère en se retournant.

Mais elle n'avait pas l'air particulièrement effrayée.

— Tu te sens mieux ? Tu paraissais si bien dormir, je n'ai pas osé te réveiller…

Elle éteignit le feu et s'approcha d'elle.

— Je me suis bien reposée. Ce n'était rien du tout. J'ai beaucoup réfléchi hier soir et je me suis endormie très tard, je devais manquer de sommeil.

— Tant mieux. Car souvent, quand on fait une sieste, on a du mal à trouver le sommeil après, répondit Grand-mère en lui caressant les cheveux.

— Mais je crois avoir assez réfléchi. Je dormirai sûrement mieux ce soir.

— Tant mieux... répéta Grand-mère avec un sourire.

Deux jours plus tard, Mai avait retrouvé son rythme habituel. « Il se peut que tu te perdes parfois, mais si tu retrouves presque immédiatement la volonté de revenir sur ton chemin, alors cela voudra dire que ton entraînement de sorcière est en bonne voie », avait déclaré Grand-mère d'un air satisfait.

Elle était retournée une fois à *cet endroit*, juste pour voir. Tout était comme avant. Un petit coin paisible, où elle se sentait à l'aise. Elle avait perçu *la volonté du lieu* de l'envelopper d'une douceur bienveillante et s'était sentie rassurée. Elle s'était très certainement trompée cette fois-là, lorsqu'elle avait cru y déceler une atmosphère étrange et inquiétante. C'était ce qu'elle s'efforçait de penser.

Grand-mère lui avait recommandé d'ignorer les voix qui n'étaient pas celles qu'elle désirait entendre. Mais lui arriverait-il vraiment de désirer plus que tout entendre certaines voix ? Difficile de croire qu'elle puisse jamais espérer quelque chose d'aussi bizarre... mais peut-être ne pouvait-on pas devenir une vraie sorcière sans cela ?

Le poulailler avait été remis en état mais plus aucune poule ne caquetait à l'intérieur.

Genji connaissait quelqu'un qui pouvait lui donner des poules Chabo si elle le souhaitait, annonça Grand-mère au petit-déjeuner. Mai rétorqua qu'elle ne voulait plus voir de poules avant un bon moment. Que ce soit lui qui les offre, voilà ce qui la dérangeait le plus, en réalité.

— Mais accepte si tu veux.

Elle était prête à endurer quelques petits désagréments pour sa grand-mère.

— Eh bien... comme cette... chose vient à peine de se produire, je vais porter le deuil encore quelque temps.

C'était la première fois que Mai entendait cette expression mais elle en saisit aussitôt le sens. Il lui semblait que ces quelques mots exprimaient parfaitement ce qu'elle-même ressentait.

Ses couverts à la main, elle était sur le point de se lever de sa chaise quand Grand-mère ouvrit un tiroir dont elle tira une enveloppe.

— Tiens. Tu veux bien aller remettre cet argent à Genji ? Je me charge de débarrasser la table et de faire la vaisselle.

Son cœur se glaça aussitôt. Elle reposa ses couverts en silence et prit l'enveloppe.

— Maintenant ? demanda-t-elle d'une voix lugubre.

— Oui. Il vaut mieux aller le voir avant qu'il ne sorte.

Grand-mère ne semblait pas remarquer l'état dans lequel elle se trouvait. Impossible de fuir cette fois. Mai sortit donc, résolue à accomplir sa mission, mais avec comme un nœud dans la gorge.

Le vent soufflait fort. Un nuage de poussière tourbillonna devant elle alors qu'elle traversait le jardin de devant. Ce serait une des leçons de son apprentissage. Elle ne laisserait personne, non, rien ni personne, la troubler. Elle tenta de se détendre. Ce n'était qu'une banale tâche à accomplir, comme manger, faire le ménage ou la lessive. Si Grand-mère lui demandait d'aller arroser les légumes, alors elle arrosait les légumes. Si

Grand-mère lui demandait d'apporter cette enveloppe, alors elle apportait cette enveloppe. C'était exactement la même chose. La maison était en vue. Il ne lui restait plus qu'à la déposer et à rentrer.

Deux voitures passèrent à toute vitesse. Elle s'arrêta un instant, juste avant la route. Un nuage sinistre et insidieux semblait flotter autour du poteau électrique à sa gauche. Elle ne put lutter contre le dégoût qui montait en elle. Elle devait apprendre à se maîtriser, afin de ne pas laisser ses émotions prendre le contrôle. C'était le principe même de son entraînement, se sermonna-t-elle.

Après s'être assurée qu'il n'y avait plus aucun danger, elle traversa la route à la vitesse de l'éclair et pénétra dans le jardin de Genji.

— Bonjour ? cria-t-elle en direction de la maison.

Les chiens, parqués dans le passage coincé entre le hangar et la maison, aboyaient en chœur. Quatre d'entre eux s'étaient agglutinés devant la barrière en fer qui barrait l'entrée du passage et la regardaient. Depuis le pas de la porte, elle remarqua que les cloisons de papier étaient déchirées, que les tatamis, décolorés par le soleil, partaient en lambeaux. Au fond, deux hommes la regardaient d'un air soupçonneux. L'un d'eux était Genji, l'autre un inconnu qui lui ressemblait beaucoup.

— Euh, je dois... ceci...

Mai, toujours plantée sur le seuil, tendit l'enveloppe. Genji, qui s'était levé, s'en empara.

— Hum, grommela-t-il en hochant la tête tandis qu'il en vérifiait le contenu.

Ce grognement devait avoir valeur d'accusé de réception.

— C'est qui, cette gosse ? demanda tout à coup l'inconnu depuis le fond de la pièce.

Genji rentra dans la maison, l'enveloppe à la main.

— La petite fille de l'autre étrangère. Elle préfère s'amuser ici plutôt qu'aller à l'école.

— Un peu comme toi, quoi !

Les deux hommes éclatèrent d'un rire tonitruant. La colère et l'humiliation, et son effort pour les réprimer, surgirent en même temps et s'entremêlèrent en elle, l'empêchant de les débrouiller. Elle se détourna, décidée à rentrer, quand un amas de poils brun clair dans un recoin du jardin lui sauta aux yeux. Elle ne put le quitter du regard jusqu'à ce qu'elle soit sortie.

La chance devait être avec elle, car elle traversa la route sans prendre la peine de vérifier ni à droite ni à gauche mais aucune voiture ne passait à ce moment-là. Elle se souvenait d'avoir vu un amas de poils qui ressemblait beaucoup à celui-ci. Des touffes de poils, étrangement similaires, accrochées au grillage du poulailler. Une certitude funeste et glaciale lui transperça le cœur.

— Merci beaucoup.

Grand-mère était en train de suspendre les torchons pour les faire sécher.

— Mamie, les poils des chiens de la maison là-bas, ils sont pareils à ceux qui étaient restés accrochés sur le grillage, la dernière fois, déclara-t-elle d'une traite, tout essoufflée.

— Le grillage ? demanda posément la vieille dame en secouant un torchon.

— La dernière fois, le grillage, tu sais, quand les poules se sont fait attaquer, il y avait des poils coincés dans le grillage. Couleur marron clair, des…

— Les belettes aussi ont des poils marron clair.

— Tu te trompes ! Je suis sûre et certaine que c'étaient les poils de ses chiens ! Ils ont dû s'échapper en pleine nuit et ils sont venus attaquer nos poules ! vociféra Mai, les épaules secouées au rythme de sa respiration saccadée.

— Mais tu n'en as pas été témoin, n'est-ce pas ?

— Pas besoin de l'avoir vu pour le savoir ! Je le sais, c'est tout !

Grand-mère soupira.

— Viens t'asseoir ici un instant.

Mai s'assit à table. Grand-mère s'installa en face d'elle.

— Ecoute-moi bien. Voici une des leçons les plus importantes de ton apprentissage. Une sorcière doit accorder de l'importance à son intuition. Cependant, elle ne doit en aucun cas lui laisser prendre le dessus. Sinon, celle-ci risque de devenir une illusion puissante, une chimère, qui finira par prendre le contrôle et la dominer. Enferme cette intuition quelque part dans ton esprit. Viendra le moment où tu découvriras si cette intuition était vraie. Ce sera l'expérience qui t'apprendra à reconnaître si ce que tu ressens est une véritable intuition ou non.

— Mais…

— Tu crois probablement que ce que tu penses est la vérité.

Mai hocha la tête.

— Beaucoup de sorcières, qui n'étaient pas parmi les meilleures, obsédées par des illusions sorties tout droit de leur imagination, ont ainsi couru à leur perte.

L'espace de quelques secondes, elle ressentit comme de l'animosité, de l'hostilité vis-à-vis de sa grand-mère. Miroitant comme l'éclat d'une lame de couteau dans l'obscurité.

Comme si elle avait lu en elle, la vieille dame prit ses mains entre les siennes.

— Essaie de comprendre. C'est très important. Je ne suis pas en train de te faire des reproches, ou de t'accuser de mentir. Peut-être que ce que tu dis est la vérité. Peut-être pas. Rien ne sert de ressasser le passé. L'important, dans cette histoire, n'est pas la vérité, qui, si on la découvre, ne pourra de toute façon rien changer, mais le fait que ton cœur, à l'heure actuelle, est envahi par la méfiance et la haine.

— Mais je… mais moi je pense que c'est découvrir la vérité qui va me libérer de cette méfiance et de cette haine !

— Tu crois ? Pour ma part, je suis convaincue que tu seras tout autant dominée par la haine et la rancœur, remarqua Grand-mère en lui caressant tendrement les mains. Ne crois-tu pas qu'utiliser autant d'énergie pour ça est particulièrement épuisant ?

Mai serra très fort les dents. Puis, comme délivrées d'un étau qui les enserrait, ses épaules se relâchèrent.

— Si, marmonna-t-elle.

Un épuisement intense la submergea.

— *My dear.*

Grand-mère tendit la main depuis l'autre côté de la table et lui caressa la joue.

Papa était arrivé ! Mai ne l'avait pas revu depuis le Nouvel An. Elle ressentait une joie teintée d'embarras, mais plus que tout, elle était préoccupée par ce qu'il pensait d'elle et de la situation où elle se trouvait.

Elle était justement dans le jardin de devant quand il y gara sa voiture. Papa ouvrit la portière, un sourire aux lèvres.

— Tu as l'air en forme !

Mai lâcha son arrosoir pour se précipiter à sa rencontre.

— Papa ! Tu es en vacances ?

Il bomba la poitrine et s'étira longuement. Son corps était si long et si mince qu'on aurait dit qu'il était plat.

— Oui, et ça tombe pile-poil ! Grâce à toi, je vais pouvoir me détendre un peu.

— Mamie est dans la cuisine.

— Parfait. Allons-y.

La main de Papa reposait lourdement sur l'épaule de Mai. Elle s'éloigna un peu de lui, mine de rien, et marcha en tête. Grand-mère était occupée à pétrir de la pâte, probablement pour faire une tarte.

— Oh ! Entrez, entrez ! Vous devez être fatigué.

— Je me suis senti mieux à l'instant même où je suis sorti de la voiture ! Je dois remercier Mai pour ça.

Papa lui fit un petit salut de la tête. Grand-mère enveloppa ce qu'elle était en train de pétrir dans un torchon humide, qu'elle plaça au réfrigérateur. Puis elle se lava les mains, remplit la bouilloire d'eau et la mit sur le feu.

— Mai égaye chacune de mes journées. Au point que j'aimerais l'avoir pour toujours à mes côtés, mais enfin… déclara Grand-mère, qui les regardait en souriant.

Mai, qui savait que la vieille dame l'avait dit exprès, épia son père du coin de l'œil. Il souriait mais ses traits s'étaient tendus.

— Tu m'as apporté un cadeau ? demanda-t-elle en voyant le sac qu'il tenait à la main.

— C'est vrai, j'avais oublié. C'est de la part de Maman.

Il sortit du sac des boîtes de chocolats, de biscuits, et même des choux de Bruxelles.

— Eh bien, eh bien !

Grand-mère, visiblement enchantée, les rangea dans le réfrigérateur. Elle adorait les choux de Bruxelles. Papa tendit une enveloppe marron à Mai.

— Des photocopies, pour l'école.

Pas besoin de le préciser, elle l'avait déjà compris. L'épaisse enveloppe était incroyablement lourde.

— Et maintenant, voici le vrai cadeau.

Il tenait à la main une boîte emballée dans un joli papier vert mousse avec un ruban parcouru de délicats fils dorés, souvenir rapporté de la ville de T. où il travaillait.

— C'est ravissant. Je me demande ce qu'il y a à l'intérieur, dit Grand-mère en apportant le thé sur un plateau.

— Des petits gâteaux. On pourrait croire, à première vue, que ce sont des pâtisseries japonaises, mais ils sont fourrés à la crème pâtissière.

— Vraiment ? Merci beaucoup ! Ça te tente, Mai ?

Papa avait probablement pensé que la crème pâtissière était un choix judicieux étant donné que Grand-mère n'était pas japonaise. Mais si c'était le cas, cela signifiait qu'il ne la connaissait pas vraiment. Grand-mère n'était pas comme ça. Elle était plutôt du genre à préférer un produit authentique de la ville ou de la région, même si le goût ne lui était pas familier.

Les gâteaux, une génoise moelleuse qui cachait un cœur de crème pâtissière, étaient plutôt bons, mais bien trop légers et sucrés pour Mai. Ils lui parurent insaisissables. Peut-être son palais s'était-il un peu trop habitué aux imposants gâteaux aux épices et aux fruits secs de sa grand-mère.

La vieille dame mâchait en silence, l'air grave, comme si elle était en train de déguster un mets sacré. Mai sentait que l'ambiance s'était tendue.

Papa brisa le silence tout à coup, prenant la parole d'un ton cérémonieux.

— On a discuté avec Maman. On s'est dit qu'il était peut-être temps que vous veniez me rejoindre à T. et qu'on recommence à vivre ensemble tous les trois. Qu'est-ce que tu en penses ?

Les événements prenaient une tournure à laquelle elle ne s'attendait pas du tout. Avant qu'elle puisse dire un mot, Grand-mère se tourna vers Papa :

— Elle va quitter son travail, alors ?

— C'est ce qu'elle a dit, oui.

— Et le collège ? s'exclama Mai d'une voix si forte qu'elle se surprit elle-même.

— Tu en changeras, répondit sérieusement Papa.

Papa et Grand-mère l'observaient en retenant leur souffle, guettant sa réaction. Mais Mai n'avait aucune idée de comment elle devait réagir.

Elle aurait dû être heureuse à l'idée de ne plus à avoir à retourner dans ce collège qu'elle détestait tant. Pourtant, elle n'arrivait pas à se réjouir : quelque chose la titillait.

— Je dois donner une réponse maintenant ?

Papa, manifestement convaincu qu'elle allait sauter de joie, resta interdit.

— Quoi ? Oh… non, bien sûr. Je ne repars que demain, donc tu as le temps d'y réfléchir et de faire le point sur ce que tu veux, d'accord ?

— D'accord.

— Bon, et pourquoi ne pas prendre la voiture pour aller faire un petit tour en ville ? proposa-t-il avec entrain.

Le visage de Mai s'illumina tout à coup.

— C'est vrai ? Mamie aussi ?

— Bien sûr.

Grand-mère leur sourit, puis elle s'empara d'un stylo et d'un bloc-notes posés à proximité.

— C'est gentil, mais j'ai encore beaucoup à faire. Allez-y tous les deux, cela fait longtemps que vous ne vous êtes pas vus. Mais je vais me permettre d'abuser un peu et vous demander de faire quelques courses, si possible. J'avais dans l'idée de préparer une quiche que ton papa aime beaucoup…

Mai et Papa poussèrent ensemble un cri de joie.

— Pour ne rien vous cacher, j'avais le secret espoir que c'était ce que vous aviez en tête quand je vous ai vue pétrir la pâte tout à l'heure.

— Vous avez eu du flair. Alors, champignons, poivron rouge, œufs, lait… ah ! et du lard fumé, et…

Grand-mère ajoutait les ingrédients à sa liste à mesure qu'ils lui venaient à l'esprit. Mai attrapa la feuille et bondit sur ses pieds.

— A plus tard, Mamie !

— Eh bien ! Déjà ?

Papa vida sa tasse d'un trait et se leva à son tour.

— Amusez-vous bien ! dit Grand-mère qui les avait accompagnés jusqu'à la voiture.

— Tu as pris des couleurs, ça te donne bonne mine, constata Papa avec enthousiasme tout en conduisant.

— Ah ? J'ai trop bronzé, tu crois ?

— Tu as l'air en pleine forme. Tu me fais penser à Heidi.

— Hein ?

— Tu sais, Heidi. La petite fille qui tombe malade en arrivant en ville et qui retrouve la santé une fois de retour dans sa montagne.

— Oh, oui, je vois.

Oh, oui, exactement comme elle.

Ils allaient devoir rouler une trentaine de minutes avant d'arriver en ville. Comme cela faisait longtemps que Mai n'était pas montée en voiture, elle prit beaucoup de plaisir à regarder le paysage défiler derrière la vitre et l'horizon s'ouvrir devant elle. Les champs de céréales verdoyants, les oiseaux qui volaient dans le ciel, la rivière serpentant entre les arbres en contrebas, les rizières qui la bordaient. Le vent qui s'engouffrait par la vitre.

— Si on décide de s'installer à T., on ne pourra plus voir Grand-mère aussi souvent...

— C'est à trois heures de Shinkansen d'ici, c'est ça ?

— Exact. Mais la gare est plutôt loin de chez elle, et si on prend en compte le temps de trajet jusqu'à la gare de T., celui passé dans le Shinkansen, puis la route à faire de la gare jusque chez Grand-mère, cela fait bien une demi-journée de voyage. Ce qui n'est pas beaucoup plus rapide qu'en voiture.

— Ah...

Malgré son jeune âge et sa maigre expérience de la vie, Mai sentait d'instinct que ce paysage qui s'offrait à elle par-delà la vitre était infiniment précieux.

Elle ne pourrait rester ici éternellement. Les cimes des cyprès ballottées par le vent derrière les rizières, la course de la rivière à l'eau légèrement trouble, le vert des montagnes, le blanc des nuages cotonneux, le bleu du ciel. Les images qui se succédaient devant ses yeux la rendaient mélancolique et elle les regardait défiler le cœur serré.

— Grand-mère est entièrement d'accord avec l'idée que Maman arrête de travailler, affirma tout à coup Papa.

— Comment tu le sais ?

— Ta grand-mère est, comment dire, le genre de personne à penser qu'une femme doit rester à la maison pour veiller sur sa famille. Enfin, je crois. Quand on s'est mariés, ta mère et moi, elle lui a demandé si elle ne ferait pas mieux d'arrêter de travailler. Mais Maman a continué, comme tu le sais. Elle s'est opposée à ta grand-mère à l'époque, du moins à sa façon de penser.

Ce qu'il ne disait pas, c'était que sa femme lui avait confié qu'elle avait l'impression d'être écrasée par sa mère. Mai était stupéfaite d'apprendre que Maman et Grand-mère avaient eu un différend.

— Mais elles ont l'air de si bien s'entendre ! J'aurais jamais imaginé un truc pareil.

— Bien sûr qu'elles s'entendent bien. Mais Grand-mère est peut-être un peu trop… parfaite ? J'ai beaucoup de respect pour elle, mais de temps en temps, j'ai le sentiment qu'elle a du mal à être en phase avec son époque.

On sentait flotter derrière Papa les montagnes d'informations délivrées par les photocopies et les ordinateurs, les flots de fax reçus chaque jour. Ce visage amaigri, qui avait autrefois été celui d'un adolescent, était à présent marqué par les rides et de légers cernes de fatigue. Preuves de la réalité de la société à laquelle il faut bien se confronter. Cette réalité que Mai avait laissée derrière elle, abandonnée au pied de la montagne.

— Cela va faire bientôt un an que je vis tout seul dans cette ville pour mon travail. Je me disais justement qu'il était temps que les choses changent. Mais j'avais du mal à en parler à ta mère. Ce qui t'est arrivé a été l'occasion pour moi de sauter le pas. Alors, en tant que papa, je t'en suis reconnaissant… même si c'est peut-être un peu étrange de le dire comme ça ?

— C'est un peu bizarre, oui.

Apparut alors le premier feu de signalisation en bas du col. Comme le feu était orange, Papa ralentit pour marquer un léger arrêt. Maman s'arrêtait toujours brutalement, à chaque fois, le corps de Mai basculait vers l'avant. Papa, lui, freinait en douceur.

Mai inspira profondément, cherchant à calmer sa respiration.

— Dis, Papa, tu t'en souviens ? Il y a longtemps de ça, je t'ai demandé ce qu'on devenait quand on mourait.

— Vraiment ? Et alors, qu'est-ce que je t'ai répondu ?

Elle était abasourdie.

— Tu m'as dit qu'on mourait et que ça s'arrêtait là, lui expliqua-t-elle, prenant son mal en patience.

Son ton était si grave et plein de rancœur que Papa s'esclaffa.

— Eh bien, c'était il y a vraiment longtemps. C'est ce que tout le monde disait à l'époque. Aujourd'hui, pour être honnête, je te dirais que je n'en sais trop rien. Les gens racontent toutes sortes de choses. Mais l'idée selon laquelle on meurt et que ça s'arrête là n'a plus l'air très à la mode.

— Plus très à la mode… répéta Mai, pensive.

La quiche de Grand-mère avait été un pur régal. Papa, qui avait bu la bière achetée quand ils avaient fait les courses, somnolait à présent sur sa chaise et Grand-mère demanda à Mai de l'accompagner jusqu'à sa chambre dans les combles.

— Prends des draps propres et fais le lit, veux-tu ? Tu dormiras avec moi ce soir.

Mai hocha la tête et se leva.

— Tu viens, Papa ? le pressa-t-elle.

— Je suis vraiment navré… C'est à peine si j'ai dormi ces derniers temps.

— Mon pauvre. J'espère que vous passerez une bonne nuit.

— Merci. Bonne nuit.

Mai ouvrit la porte au milieu du couloir, tira deux draps du placard.

— Je ne savais pas qu'il y avait toutes ces choses ici ! C'est super. Tout est si bien plié, serviettes de toilette, draps de bain… Tu aides ta Grand-mère à le faire ?

— Oui. Il y a une manière de plier pour chacune. Comme ça, quand on les range, c'est plus joli, précisa-t-elle, plutôt fière.

— C'est remarquable, la félicita son père en lui tapotant doucement la tête.

Une fois à l'étage, il s'arrêta un instant devant la porte de la pièce de Grand-père et posa la main dessus.

— Je l'adorais, tu sais. Ton grand-père. Ta mère ne s'intéressait pas vraiment aux pierres, alors après notre mariage, il profitait de chacune de nos visites pour m'apprendre tout ce qu'il savait sur les minéraux. Comme à un fils. Il était fasciné par les minéraux, ses yeux brillaient comme ceux d'un enfant quand il en parlait. Quand on se promenait ensemble dans la montagne, souvent il s'arrêtait pour ramasser une pierre, qu'il prenait le temps d'observer. Parfois même il la glissait dans sa bouche.

— ... Pour la manger ?

— Non, c'est apparemment une technique pour les identifier.

Mai garda le silence.

— J'adorais ton grand-père, souffla-t-il à nouveau, tête baissée.

Puis il releva le menton et suivit Mai dans sa chambre. Les yeux ronds, il regarda sa fille faire le lit d'une main de maître.

— C'est incroyable. Hier encore, tu n'étais qu'un bébé et voilà ce que tu arrives à faire aujourd'hui ! Je vais peut-être devoir payer Grand-mère pour ses leçons.

— Et voilà ! Bonne nuit, papa. C'était une super journée, merci, dit-elle en tapotant les quatre coins du lit pour finir.

— Non, c'est moi qui te remercie. Je me suis bien amusé. Bonne nuit.

Mai, un sourire triomphant aux lèvres, revint dans la cuisine avec l'impression d'être une femme au foyer accomplie. Grand-mère avait fini d'emballer le reste de la quiche et commençait à débarrasser la table.

— Ce sera pour ta maman, demain.

— Bonne idée. Ça va lui faire drôlement plaisir.

Elle se plaça devant l'évier, releva ses manches et entreprit de laver les assiettes. A côté, Grand-mère se chargeait de les essuyer.

— Mamie... qu'est-ce que tu en penses, toi ? Tu crois que je devrais changer de collège ?

— Eh bien... je suis convaincue que les membres d'une famille doivent toujours rester ensemble, mais...

— Papa, il ne se souvenait plus de ce qu'il m'avait répondu, tu te rends compte ? Tu sais, à propos de la mort.

— Oh oh ! Et alors ? Tu t'es fâchée ?

— Non, je n'ai même pas eu envie de me mettre en colère ! Il m'a dit que cette idée selon laquelle on meurt et puis c'est tout n'était plus très à la mode, ces derniers temps. Et qu'en fait, il n'en savait rien.

Grand-mère partit d'un grand éclat de rire. Mai pouffa.

— Ce n'est pas très responsable de dire ça, non ? Il est incroyable. Je ne sais pas s'il se rend bien compte qu'il est père !

— Ton père est toujours honnête envers lui-même. Il pense aussi qu'il doit se montrer sincère et te parler d'égal à égal, comme une personne à part entière, la sermonna la vieille dame.

Mais des larmes de rire perlaient encore à ses yeux, et ses remontrances n'eurent pas l'effet escompté.

— C'est quelqu'un de bien, je sais. Simplement, il n'a aucune imagination. A aucun moment il n'a pensé à ce qu'allait éprouver sa petite fille s'il lui répondait un truc pareil…

— Beaucoup de gens, dans ce monde, n'ont pas cette capacité.

— Je sais, répondit-elle brièvement en vidant l'eau de l'évier.

Une fois la dernière assiette essuyée, Grand-mère rinça le torchon et le mit à sécher.

— Je m'occupe du reste. Toi, tu vas te préparer pour aller au lit.

Mai se brossa les dents, enfila son pyjama. Elle venait d'entrer dans la chambre et de se glisser dans son futon quand Grand-mère entra à son tour. Elle éteignit la lumière et se coucha dans le futon d'à côté.

— Ça a été rapide.

— Tu m'as bien aidée, il ne restait pas grand-chose à faire.

— Dis, Mamie…

— Oui ?

— Pourquoi Papa ne m'a-t-il pas demandé pourquoi je ne voulais plus aller en cours ?

— Maman te l'a demandé ?

— Non. Et maintenant que j'y pense, toi non plus.

— Parce que nous te faisons confiance, je suppose. Tout le monde se dit que tu dois avoir une bonne raison pour refuser d'y aller.

Mai remonta la couverture jusqu'à son menton.

— C'est vraiment spécial, les relations entre les filles, soupira-t-elle. Au début de l'année, il y a tout un tas de groupes qui se forment. Les filles d'un même groupe vont aux toilettes ensemble, discutent ensemble des stars qu'elles adorent, ce genre de chose.

— Ce doit être fatigant.

— Une fois qu'on est dedans, ce n'est pas si terrible que ça. Il faut être très attentive au début, jusqu'à ce qu'on trouve un groupe de filles avec qui on pense pouvoir s'entendre. J'y arrivais très bien, jusqu'à l'année dernière. Mais cette année, je ne sais pas… j'ai détesté ça.

— Tu veux dire, entrer dans un groupe ?

— Oui. Les tactiques psychologiques au moment de la formation des groupes. Attirer le regard d'une fille et lui sourire quand on sent qu'elle aimerait devenir notre amie, faire de son mieux pour participer à la conversation et hocher la tête même quand ça ne vous intéresse pas, accompagner les autres aux toilettes même quand on n'a pas envie d'y aller… tout ça, tout à coup, ça m'a paru terriblement inutile et minable.

— Je comprends.

— Et cette année, je n'y suis plus arrivée. La fille avec qui je m'entendais bien l'année dernière est partie dans un autre groupe et je me suis retrouvée seule.

— Elle ne peut plus être amie avec toi ?

— Non.

Mai changea de position pour se tourner vers sa grand-mère. Elle avait l'impression de lui expliquer une évidence.

— Même si elle a envie de venir me parler, quand son groupe l'appelle, elle doit y aller. C'est une question de loyauté, montrer à qui elle tient le plus.

— C'est complexe, en effet.

— Plutôt, oui. Mais tu sais, je ne lui en veux pas du tout. C'est comme ça, on n'y peut rien, ajouta Mai d'un ton froid et détaché.

— Les groupes n'ont pas de lien entre eux ?

— Certains groupes sont ennemis, d'autres s'entendent bien, mais dans ma classe, et c'est rare, tous les groupes ont apparemment décidé d'être amis entre eux.

— C'est possible, ça ?

— Eh bien, c'est plutôt facile. Il suffit de se trouver un ennemi commun.

Grand-mère garda le silence. Nul besoin d'en dire plus.

La vieille dame poussa un profond soupir. Mai se tut pendant quelques instants, le temps de retrouver son calme. Elle se félicita d'avoir réussi à retenir ses larmes.

— Je n'arrête pas de penser à la réponse que je vais devoir donner à Papa demain et…

— Une sorcière prend elle-même ses décisions. Tu le sais, ça, trancha Grand-mère en lui tapotant le front de son index.

— Je sais. Mais je peux t'en parler un peu ?

— Oui, oui.

— Même si je change de classe et d'école, ça ne résoudra pas le problème fondamental. C'est pour ça, je crois, que je n'arrive pas à me sentir heureuse à cette idée. Ce serait comme fuir devant l'ennemi. J'aurais l'impression d'être lâche.

— Mais résoudre le problème fondamental, pour une sorcière novice comme toi, est impossible. Le problème fondamental concerne ta classe en entier. Chacun des élèves de ta classe manque de confiance en soi et se sent menacé.

— Mais je fais aussi partie du problème, déclara bravement Mai. J'ai été faible. Trouver la force nécessaire pour être un loup solitaire, ou choisir la facilité de vivre en meute…

— Et pourquoi ne pas choisir en fonction des circonstances ? l'interrompit Grand-mère. Tu n'as pas à te sentir mal de rechercher un endroit où vivre paisiblement dans la facilité. Le cactus n'a pas besoin d'eau pour grandir, mais les fleurs de lotus, elles, ne peuvent pas pousser hors de l'eau. L'ours blanc a choisi de s'installer au pôle Nord plutôt qu'à Hawaï, et personne ne le lui reproche.

Ses arguments étaient convaincants. Mais Mai avait encore son mot à dire. Elle ne ressentait presque plus aucune gêne à livrer le fond de sa pensée à sa grand-mère.

— Tu me dis de décider par moi-même, mais moi, j'ai bien l'impression que tu arrives toujours à me faire aller dans ta direction.

Grand-mère arrondit les yeux et regarda ailleurs, feignant l'ignorance.

Le jour suivant, Papa ne se réveilla qu'à la fin du déjeuner. Quand elle le vit descendre les escaliers en pyjama, les yeux encore gonflés de sommeil, Grand-mère rit de bon cœur en s'exclamant que Mai était bien la fille de son père. Mai eut une moue boudeuse, tandis que Papa s'asseyait à table avec un sourire contrit.

— J'ai dormi comme un loir. Merci, ma chérie.

Mai commença aussitôt à préparer le déjeuner de son père. Papa et Grand-mère se regardèrent et échangèrent un sourire entendu.

— Est-ce que tu as pris ta décision ? demanda-t-il en sirotant son thé.

Cette fois, ce furent Mai et Grand-mère qui se regardèrent.

— Je pars avec Maman pour te rejoindre, évidemment.

— Eh bien. Evidemment.

Ses yeux s'étaient illuminés en entendant sa réponse. La joie de son père la conforta dans son choix. Elle ne savait pas si ce nouveau collège allait être son *pôle Nord* à elle, mais elle ne perdrait rien à essayer. Ce serait le lieu de son entraînement secret de sorcière en devenir. Elle était déterminée à réussir.

— Il va y avoir pas mal de démarches à faire, alors plus tôt on s'y mettra, mieux ce sera.

— J'aimerais visiter des collèges et choisir moi-même celui où je veux aller, si tu es d'accord.

— Oh oh ! Ça, c'est une attitude constructive ! C'est bien, très bien, approuva Papa, d'excellente humeur.

Grand-mère, qui avait rempli un carton de légumes du jardin, rassemblait à présent les fines herbes en bottes. Tout en déposant dans une jolie boîte le restant de quiche de la veille ainsi qu'un bocal de confiture, elle déclara fièrement :

— C'est Mai qui l'a faite.

Papa était admiratif.

— Mai est devenu une vraie fille de la campagne...

Qui correspond aux idéaux de sa grand-mère, eut-il envie de préciser, mais il se ravisa.

Papa rentrait auprès de Maman, avec une vision claire et des projets pour l'avenir. Grand-mère et Mai l'accompagnèrent jusque dans le jardin.

Les insectes étaient en proie à une agitation frénétique. Les fourmis marchaient en procession, les moucherons et les abeilles voletaient dans tous les sens. Des nuages d'un gris sombre arrivaient de l'ouest.

— On dirait qu'il va pleuvoir, murmura Grand-mère.

Il pleuvait quand Mai se réveilla le matin suivant. Elle entendit la pluie tomber, plongée dans un demi-sommeil. Puis elle se leva pour aller regarder par la fenêtre. Les arbres et les plantes ployaient légèrement sous la pluie.

Tout s'était soudain mis en mouvement autour d'elle. D'ici deux ou trois jours, elle allait devoir quitter la maison de Grand-mère et s'attaquer aux préparatifs du déménagement. Maman appelait à tout propos.

Emménager à T. signifiait ne plus pouvoir se voir aussi souvent. Ni Mai ni la vieille dame n'avaient évoqué le sujet, mais toutes deux y pensaient.

Mai profita d'une accalmie pour rejoindre *son endroit*. Elle s'assit sur sa souche préférée pour contempler cet espace coupé du monde extérieur. Son regard fut soudain attiré par des mouvements inhabituels aux abords du bosquet de bambous. Au moment même où elle plissait les yeux, pensant découvrir un oiseau, elle aperçut Genji, une houe à la main.

Elle se pétrifia. Son cœur se mit à battre furieusement dans sa poitrine. Genji semblait ne pas avoir remarqué sa présence, tout absorbé qu'il était à labourer le dénivelé qui marquait la frontière. Mais qu'est-ce qu'il fabriquait ? Pourquoi... ? C'était... il violait leur propriété pour agrandir la sienne ! Cette pensée fit se dresser les poils sur ses bras et sa nuque. Mue par une pulsion incontrôlable, elle bondit sur ses pieds. Genji tourna la tête dans sa direction et leurs regards se croisèrent. Il eut l'air mal à l'aise pendant quelques secondes – on aurait dit qu'il venait d'être pris sur le fait – mais il lui adressa aussitôt un de ses inquiétants sourires.

— Je cueille des pousses de bambou, se justifia-t-il, comme s'il voulait calmer l'animosité brûlante qui s'était emparée d'elle.

Elle le transperça du regard et s'enfuit en courant sans un mot.

— Mamie !

— Qu'est-ce qui se passe ? s'alarma la vieille dame, qui se dépêcha de sortir du potager en la voyant si blême.

Elle la fit s'asseoir à table avant d'écouter son histoire. Puis elle s'installa à côté d'elle et lui caressa le dos. Mai était encore essoufflée par sa course folle.

— Tu as oublié les leçons de ton entraînement ?

Mai poussa une petite exclamation étouffée et déglutit.

— Pourquoi es-tu si bouleversée ? On dirait que tu as failli te faire tuer.

C'était bien l'impression qu'elle avait, pourtant. Son sanctuaire avait été violé par ce type vulgaire et répugnant : c'était plus qu'elle ne pouvait en supporter.

— De toute façon, peu importe ce qu'il faisait ! Ce type me dégoûte, c'est plus fort que moi !

Mai ne voulait pas céder d'un pouce sur ce point.

— Genji t'a dit qu'il cueillait des pousses de bambou. Ce n'est pas bien grave, il me semble.

— Je suis sûre qu'il mentait.

Pourquoi ne la comprenait-elle pas ? Pourquoi côtoyait-elle un homme si... abject, si grossier ? Chaque fois qu'elles parlaient de lui, on aurait dit que sa grand-mère s'éloignait d'elle et devenait une parfaite inconnue. La tristesse et la colère lui donnaient envie de pleurer.

— C'est un crime, ce qu'il a fait, déclara-t-elle péniblement.

La vieille dame ne répondit rien.

— Si tu le laisses faire, un jour il finira par te voler toute ta terre !

— Même s'il a vraiment fait ce que tu dis, il n'a pas dépassé le camphrier, les châtaigniers ou les autres arbres, non ? la raisonna Grand-mère avec un sourire.

Mai s'apprêtait à répliquer, mais elle l'arrêta d'un léger geste de la main.

— Et je pense que tu as été particulièrement impolie avec lui. Tu es partie en courant sans même le saluer. Tu te sentirais vraiment blessée si quelqu'un te faisait la même chose, tu ne crois pas ?

Mai se mordit les lèvres. Et lui, comment s'était-il comporté avec elle ? Grand-mère n'y comprenait rien ! Et savait-elle seulement comment il l'appelait derrière son dos ? Mais elle ne pouvait pas le lui dire, elle n'arrivait pas à le lui dire...

— Je ne pourrai jamais rester sans réagir face à ça ! Je ne pourrai jamais faire comme si de rien n'était, jamais ! Et je ne pourrai jamais, jamais, aimer ce type ! Ce type si... si dégoûtant... je veux... j'aimerais mieux qu'il soit mort !

— Mai !

Grand-mère poussa un petit cri et la gifla. Mai, qui n'avait rien vu venir, en resta bouche bée. Des larmes se mirent à rouler sur ses joues.

— Cet homme est plus important que moi pour toi ! hurla-t-elle de toutes ses forces.

Elle monta les escaliers à grand bruit et s'enferma dans sa chambre à l'étage. Elle se jeta sur son lit et enfouit sa tête sous les couvertures.

Grand-mère avait été horrible avec elle. L'avoir humiliée de la sorte… et pour prendre la défense de ce sale type, en plus ! Oui, elle était vraiment horrible. Jamais elle n'aurait cru qu'elle puisse être aussi brutale. Tout ça, et le reste, c'était la faute de ce type. S'il n'avait pas été là, tout se serait déroulé à merveille entre elles deux. Il ne méritait pas de vivre. Ce qu'elle était déçue…

Epuisée par toutes les larmes qu'elle avait versées, Mai s'endormit.

Un bruit léger la réveilla. Le bruit de la porte doucement poussée par la vieille dame. Mai, qui se sentait un peu gênée, décida de lui adresser la parole pour montrer qu'elle avait remarqué sa présence.

— Il est quelle heure ?

Sa voix résonna sèchement dans le silence de la pièce.

— Onze heures du soir. Tu dois avoir faim. Tu ne veux pas descendre manger un petit quelque chose ? chuchota Grand-mère.

Le ventre de Mai grogna à ce moment précis. Un grognement bizarre et long. Grand-mère pouffa. Mai eut elle aussi envie de rire, mais son visage se crispa et sa bouche se tordit en une grimace étrange. Elle n'avait pas d'autre choix que de descendre manger.

De la soupe à la tomate ainsi qu'une salade de pommes et de bananes au yaourt étaient posées sur la table. Grand-mère réchauffa rondement la soupe, mit de fines tranches de pain à griller. Mai se murait dans le silence, la mine boudeuse. La vieille dame était aussi gentille avec elle que si elle avait été malade. Mai était un peu perdue : la pensée qu'elle n'allait pas si facilement se laisser embobiner se mêlait à son envie de reprendre le cours de sa vie d'avant, douce et chaleureuse. Elle ne savait pas quoi faire.

Une fois son repas terminé, elle décida de retourner s'enfermer dans sa chambre. Elle était sur le point de quitter la pièce quand la voix de Grand-mère s'éleva derrière son dos :

— *Nighty night, sweetie*.

— Tu as été bouleversée par ce que je t'ai dit, et tu y as réagi, osa-t-elle remarquer en se retournant.

C'était une tentative désespérée, comme lancer de toutes ses forces une corde en direction d'un bateau déjà beaucoup trop loin de la rive.

— Ça peut m'arriver, répondit simplement Grand-mère en lui faisant un clin d'œil, son éternel sourire aux lèvres.

Le jour suivant, il plut à nouveau dès le matin. Tout était calme, aussi bien dedans que dehors. Depuis sa chambre, Mai avait l'impression d'entendre le bruit de la pluie qui s'infiltrait dans le sol. Et dans son cœur. Elle se tenait immobile, comme un petit animal blessé.

L'averse devint bruine, et il cessa enfin de pleuvoir au cours de l'après-midi. Le temps paraissait malgré tout imprévisible. Mai prévint sa Grand-mère qu'elle sortait et prit le chemin de la colline. Elle devrait quitter la maison le lendemain.

Elle marchait avec la plus grande prudence, prenant garde à ne pas glisser sur l'humus gorgé d'eau. Une fois arrivée à *son endroit*, elle hésita à y entrer.

Le brouillard rampait doucement depuis le fond du sentier qui s'enfonçait dans le bois de cèdres. Mai avança dans sa direction. Au-delà se déployait un monde de tristesse plus lumineux, plus paisible. C'est du moins ce qui lui semblait.

Elle avait envie d'être encore plus triste, de savourer sa tristesse. Elle traversa le bois de conifères. De l'autre côté coulait un ruisseau. C'était ici que naissait le brouillard. La lourde senteur des herbes drues pénétra ses narines, s'insinua par tous les pores de sa peau sous la forme de fines particules d'eau verte.

Il lui semblait qu'elle était déjà venue ici autrefois. Le soleil perça tout à coup entre les nuages. Un souffle sucré lui chatouilla le nez au même moment. Elle chercha des yeux la source de cette odeur suave.

Sur le versant de la montagne de l'autre côté du ruisseau se dressait un arbre gigantesque, qui devait mesurer dans les vingt à trente mètres de haut. Des fleurs immenses, de vingt à trente centimètres de large, reposaient sur ses branches comme autant de lanternes en papier illuminées.

On aurait dit une version agrandie de celles des lauriers-tulipiers. Ou des fleurs de lotus.

Mais oui ! C'étaient des fleurs de lotus qui s'épanouissaient en plein ciel ! Même si Grand-mère avait dit qu'elles ne pouvaient pas éclore hors de l'eau... elles fleurissaient comme dans un rêve au milieu de la brume. Mai, complètement subjuguée, resta figée sur place. Si les êtres humains possédaient bien une âme, ainsi que le lui avait expliqué Grand-mère, comme ce serait merveilleux de n'être plus qu'une âme et de voltiger, de flotter doucement autour de ces fleurs !

La fascination qui s'était emparée d'elle devenait beaucoup trop puissante et commença à l'effrayer. Il lui semblait qu'elle était sur le point d'entendre une voix qui n'était pas celle qu'elle désirait entendre. Au moment même où elle tournait les talons pour repartir d'où elle venait, elle sentit son pied glisser. Elle eut l'impression de rater une marche très haute avant d'atterrir dans un trou. Elle se retrouva couverte de boue de la tête aux pieds. Au moins, elle ne s'était pas fait mal. Alors qu'elle se relevait péniblement, quelque chose la stoppa net.

Une des parois du trou, qui était plutôt un terrier profond, était recouverte de magnifiques fleurs argentées. Des fleurs, au beau milieu d'un bois sombre, au fin fond d'un abri encore plus sombre, où les rayons du soleil ne devaient que rarement pénétrer. Une tige d'environ deux centimètres, sertie d'écailles argentées mais dépourvue de feuilles, surmontée de petites fleurs pareilles à de minuscules orchidées en argent sculpté. Elles tapissaient la terre par dizaines, comme des champignons ou de la prêle. Quel étrange spectacle !

Oubliant toute notion du temps, Mai se perdit dans leur contemplation. Le bruissement des gouttes de pluie qui se faufilaient entre les feuilles la força à se relever. Ses genoux la faisaient souffrir. Elle cueillit une de ces fleurs curieusement belles et sortit du trou.

Arrivée dans le jardin de derrière, Mai rencontra sa grand-mère qui partait visiblement à sa rencontre, un parapluie à la main. La vieille dame accourut vers elle.

— Mai ! Qu'est-ce qui s'est passé ? Tu es couverte de boue ! Tu n'es pas blessée ?

— J'ai trouvé ces fleurs. Je n'en avais jamais vu de pareilles. Peut-être une nouvelle espèce.

Elle avait pris soin de ne laisser transparaître aucune excitation dans sa voix. Ce n'était pas comme si elle avait totalement fait la paix avec sa grand-mère. Ce que c'était ennuyeux… La vieille dame, qui avait eu l'air ébahie l'espace d'une seconde, la regardait avec un joyeux sourire.

— Eh bien, déclara-t-elle en prenant la fleur, ce sont des *ginryôsô*, des dragons d'argent. Je crois bien que ce sont les toutes premières de l'année. Tu as dû tomber dans le trou ? Allez, viens te changer.

Mai était un peu déçue : elle n'avait pas découvert une nouvelle espèce. Elle prit une douche, passa des vêtements propres et rejoignit sa grand-mère dans la cuisine. Quand elle entra dans la pièce, elle remarqua que la fleur était disposée dans un vase, devant la photo de Grand-père. Une tasse de thé brûlant l'attendait sur la table.

— C'était la fleur préférée de ton grand-père. Il l'appelait « la fée des minéraux ». Chaque année, à cette période, j'en dépose quelques-unes devant sa photo. Tu ne dois plus t'en souvenir, mais nous en avons déjà cueilli ensemble quand tu étais petite. Mais cette année… Elle baissa la voix, comme si elle s'adressait à son défunt mari. Cette année, Mai est allée les cueillir toute seule.

— Elles ne fleurissent qu'en cette saison ?

— Oui. Elles reviennent à la vie quand il a beaucoup plu et que la terre est suffisamment gorgée d'eau. Elles n'ont pas besoin de soleil.

— J'ai vu un arbre immense avec de grosses fleurs, de l'autre côté du ruisseau.

— C'est un magnolia à grandes feuilles. Les fleurs restent ouvertes quand l'arbre est un peu vieux, mais sinon, elles s'ouvrent quand elles reçoivent la lumière du soleil et se referment quand il se cache. On sait qu'il est en pleine floraison au parfum qu'il répand.

— C'était une odeur à la fois douce et un peu aigre.

— Oui. Un parfum irrésistiblement attirant, n'est-ce pas ?

Mai contempla le *ginryôsô*. La fée des minéraux... la beauté d'un monde où le soleil ne brille pas. Elle eut le sentiment qu'il s'agissait d'un cadeau de son grand-père et qu'il se tenait là, tout près d'elle. Une présence mystérieuse flottait autour de la table – exactement comme si une autre personne était là, avec elles, à savourer paisiblement une tasse de thé – ce jour-là, à ce moment précis.

Le jour où Mai quitta la maison de sa grand-mère, l'air était doux et le ciel sans nuages, un temps radicalement différent de la veille. Sa mère, qui était venue la chercher, avait remarqué qu'elle n'était pas dans son assiette, mais avait attribué son humeur maussade à son départ prochain. Grand-mère demanda à Maman si elle comptait vraiment quitter son travail. Maman vérifia que Mai se trouvait bien dans la véranda avant de répondre.

— J'ai pris cette décision après en avoir longuement discuté avec mon mari. Notre famille était éparpillée et moi j'étais toujours accaparée par mon travail. On s'est dit que tout ça était peut-être trop lourd à porter pour Mai. J'ai pensé que démissionner et partir vivre à T., eh bien, c'était tout simplement le choix le plus raisonnable.

— Tu as l'air bien décidée.

— J'ai réfléchi à l'ordre de mes priorités, je me suis demandé ce qui était le plus important à mes yeux.

— Tu avais vraiment besoin d'y réfléchir pour le savoir ? remarqua Grand-mère, son habituel sourire aux lèvres, ce qui agaça Maman.

— Je te l'ai déjà dit, mais je te le rappelle : je n'ai pas l'intention d'arrêter de travailler. Je ne veux pas vivre comme toi. Je vis ma vie comme je l'entends, ce n'est pas parce que tu es ma mère et la grand-mère de Mai que tu peux nous imposer ta façon de faire.

Grand-mère sourit à nouveau, mais d'un sourire plein de tristesse.

— Je suis peut-être un peu vieux jeu.

Mai, qui arrosait sa Princesse Myosotis pour la dernière fois, n'avait pas perdu une miette de leur conversation. Les mots de Grand-mère étaient si empreints de mélancolie que son cœur se serra. Maman aussi semblait peinée.

— Qu'est-ce qui t'arrive ? Ça ne te ressemble pas de dire une chose pareille.

— Et qu'est-ce qui me ressemble ?

— Tu es toujours sûre de toi.

C'était ce que Mai pensait aussi. Grand-mère donnait l'impression de toujours savoir ce qu'elle devait faire. Son quotidien était aussi réglé et régulier que celui des plantes de son jardin. Tout le contraire de Mai qui, de nature anxieuse, était peu sûre d'elle et de ce qu'elle faisait.

Puis, comme le jour de leur arrivée, elles confectionnèrent des sandwichs qu'elles dégustèrent ensemble autour de la table de la cuisine. Maman remarqua que Mai mangeait le sien sans enlever les feuilles de capucine, mais elle ne fit aucun commentaire.

Une fois assise dans la voiture, quand vint le moment de se dire au revoir, Mai eut envie de pleurer. Ce n'était pas tant l'idée de quitter Grand-mère qui la chagrinait que le poids de leur dispute qui pesait lourd dans son cœur et la faisait souffrir. Grand-mère la couvait d'un regard à la fois inquiet et peiné. Mai savait. Ce que Grand-mère voulait qu'elle dise. « Je t'aime tellement, Mamie ! » Comme avant l'incident. Mais les mots ne purent franchir ses lèvres.

Maman démarra la voiture. Elles franchirent le portail, prirent le chemin, et même si elle ne la voyait plus, Mai sentait encore sur elle le regard implorant de Grand-mère.

Deux années s'étaient écoulées et Mai ne ratait plus un seul jour de classe.

L'établissement avait beau ne pas être le même, il y avait toujours des clans, mais pas aussi radicaux que dans son ancien collège. Mai avait une nouvelle amie qui s'appelait Shôko.

Shôko, une fille aux goûts et au sens des valeurs un peu particuliers, appréciait d'être en sa compagnie. C'était une fille au franc-parler qui ne mâchait pas ses mots, mais sans être mauvaise langue ; ce qu'elle disait était en général logique et raisonnable. Or, pour une raison ou une autre, elle était perpétuellement tenue un peu à l'écart.

Shôko n'avait pas besoin de faire partie d'un groupe. Elle se tenait toujours bien droite et vous regardait droit dans les yeux. Sa personnalité se détachait si nettement que si elle se coupait les ongles, alors même ces rognures d'ongles ne pouvaient appartenir à personne d'autre qu'elle.

Mai s'était liée d'amitié avec Shôko à la suite d'un événement peu après son entrée à l'école. Depuis lors, et peu importe ce qu'il se passait, elles devenaient chaque jour un peu plus proches.

Cela ne voulait pas dire qu'elle avait oublié son entraînement pour devenir une sorcière. Elle prenait toujours ses propres décisions, et quoi qu'elle ait décidé de faire, elle s'efforçait de le mener à bien, en silence. Elle se disait que la constance de ses efforts avait peut-être réussi à éviter que le fil qui la reliait à sa grand-mère ne se coupe.

La poitrine de Mai se serrait dès qu'elle pensait à la vieille dame. Mais elle avait pris le temps de réfléchir et avait conclu que toutes ces choses horribles qu'elle avait dites à propos de Genji à l'époque étaient dues à un *déferlement* d'émotions qui l'avait submergée. (Elle avait récemment retenu le mot *déferlement* après l'avoir rencontré dans un livre, mais comme elle ne l'avait encore jamais employé, elle avait l'impression qu'il ne lui appartenait pas encore tout à fait.) Mais pour le moment, elle n'avait pas l'intention d'éprouver des remords ou des regrets.

Le geste violent que Grand-mère avait eu envers elle était lui aussi probablement dû à un *déferlement* d'émotions qui l'avait submergée. Grand-mère avait beau être une sorcière, elle était avant tout un être humain. Telles étaient les réflexions de Mai depuis qu'elle avait quitté la vieille dame.

Même si une petite partie de son cœur s'efforçait de ne pas lui pardonner, entretenir cette rancune lui demandait pas mal d'énergie. Et Mai était lasse. Et puis... elle s'était comportée de manière cruelle au moment de lui dire au revoir. Oui, elle avait été cruelle de la quitter ainsi, de la laisser toute seule là-bas.

Quand les ailes de son imagination se déployaient jusque-là, Mai se sentait d'humeur sombre. Elle en était venue à penser que ce qu'elle avait subi n'était rien en comparaison de ce qu'elle-même lui avait fait, et qu'elle devait lui demander pardon. Elle était bien décidée à parler de tout ceci avec Grand-mère, la prochaine fois qu'elles se verraient. Elle jouerait franc-jeu et s'en remettrait totalement à elle. Grand-mère aurait alors son sourire de sorcière, et elle lui dirait quelque chose qui la rassurerait et lui permettrait de passer une bonne nuit de sommeil.

C'était ce qu'elle se répétait sans cesse. Simplement, les premières minutes de leurs retrouvailles risquaient d'être compliquées, tout comme celles où elle aborderait le sujet...

D'ici là, Mai essayait de mettre en pratique ce que Grand-mère lui avait appris. Afin de la rendre heureuse, même rien qu'un peu, la prochaine fois qu'elles se verraient. Mai faisait preuve de persévérance dans tout ce qu'elle entreprenait.

C'était quelque peu inattendu pour elle, mais c'était cette attitude qui lui avait valu le respect et l'admiration de Shôko. Car son amie avait tendance à vite se lasser.

Mais elle n'était jamais retournée chez Grand-mère. Quand elle avait été certaine que la vie scolaire de Mai était à nouveau sur les rails, Maman avait retrouvé un travail et Papa, qui restait pareil à lui-même, était toujours très occupé. Mai était Mai, et elle aussi avait un emploi du temps plutôt chargé.

Dans la voiture, alors qu'elles roulaient en direction de chez Grand-mère, Mai repensait à tout ce qu'elle avait vécu cet été-là. A son fameux *endroit*, le petit coin qu'elle aimait tant. Et au fait qu'elle y avait à peine songé durant ces deux années. Alors que ce lieu pareil à un sanctuaire comptait tellement à ses yeux. Elle s'en voulait de l'avoir oublié.

Quand la voiture s'engagea enfin dans le jardin de devant, une autre voiture y était déjà garée. Mai et Maman sortirent du véhicule à la hâte et se précipitèrent vers la porte d'entrée. Genji apparut depuis le fond de la maison. Mai le revit avec des sentiments mitigés.

— Où est-elle ? lui demanda Maman d'un ton formel, sans prendre la peine de le saluer.

Genji fit un geste de la main vers la chambre du fond. Maman, sans un mot de plus, s'élança dans cette direction. Genji regarda Mai et lui adressa un petit signe de tête. Elle le salua gauchement à son tour, en s'inclinant légèrement, et partit à la suite de sa mère.

Le corps de Grand-mère reposait sur son futon. La vue du tissu blanc qui lui recouvrait le visage lui fit l'effet d'une douche glacée. Grand-mère devait-elle être couverte de cette façon ?

— On ne fait pas ça à la maison, déclara Maman d'une voix si calme qu'elle donnait le frisson.

Elle ôta le tissu, découvrant un visage vieilli et émacié. Comment une personne pouvait-elle vieillir à ce point en l'espace de deux petites années ?

— C'est ainsi qu'elle est morte, reprit Maman d'une petite voix monocorde.

On dirait une enfant abandonnée, songea Mai comme si elle n'était en rien concernée.

— Désolée, mais... tu pourrais aller un peu dans la cuisine, s'il te plaît ?

Elle s'exécuta en silence. C'était trop tard. Les remords effroyables qui l'assaillirent balayèrent sa tristesse et recouvrirent son cœur comme du goudron noir. Une entaille longue et profonde sembla s'ouvrir dans sa poitrine, et ce fut comme si son existence entière se retrouvait comprimée dans cette douleur. Ses matins ne seraient plus jamais les mêmes qu'avant. Elle le savait.

Les pleurs déchirants de sa mère explosèrent au même instant. Les lèvres de Mai se glacèrent et se mirent à trembler. Elle resta immobile pendant un long, un très long moment.

Maman, qui avait l'air de s'être ressaisie, la rejoignit enfin dans la cuisine.

— Je vais devoir entrer en contact avec notre famille en Angleterre. Je pensais que Papa pourrait venir tout de suite, mais... Il me semble qu'elle rangeait son carnet d'adresses de l'époque où elle était professeur par ici, mais...

Elle ouvrit un placard et commença à fouiller à l'intérieur. Mai se leva pour l'aider. Le carnet d'adresses était dans la boîte à couture.

— Je vais là-bas passer quelques coups de fil. J'en aurai pour un moment.

— D'accord.

L'une partit dans le salon, l'autre resta dans la cuisine, chacune demeurant seule avec ses remords. Mai tomba prostrée sur une chaise. Son visage se froissa, ses traits se crispèrent. Un petit cri étranglé s'échappa de sa bouche. Ce n'était pas une simple tristesse. Le mot *affliction* lui paraissait plus proche de ce qu'elle ressentait. Pourtant, les larmes ne coulaient pas. Quel cœur de pierre. Qu'allait-elle devenir ?...

Plusieurs petits coups sourds résonnèrent dans la pièce. Quelqu'un frappait à la porte. Mai redressa la tête. Genji. Elle se leva très lentement pour aller lui ouvrir. Les sensations l'avaient quittée, comme si elle était enveloppée par des milliers de feuilles de gélatine qui la protégeaient à la manière d'un cocon.

Il n'y avait plus le moindre soupçon de son arrogance menaçante d'autrefois. Son corps, qui ne lui paraissait plus si grand, était un peu courbé. Il lui tendait quelque chose.

— Tu peux mettre ces fleurs pour moi ?

Des *ginryôsô*. Les lèvres de Mai formèrent un o de surprise. Elle reçut les fleurs des deux mains.

— Le vieux monsieur les adorait. J'ai jamais été très malin, mais il a toujours été gentil avec moi, déclara Genji en clignant des yeux à plusieurs reprises.

A mieux y regarder, il pleurait.

— Si y a quelque chose que je peux faire, venez me le dire, murmura-t-il. Il était sur le point de faire demi-tour quand son regard fut attiré par quelque chose à ses pieds. Ah ben ça alors ! Elle a drôlement bien poussé, l'herbe-concombre !

Mai regarda à son tour. La petite fleur qu'elle avait baptisée Princesse Myosotis était devenue une superbe plante en pleine floraison.

— C'est comme ça qu'elle s'appelle ?

C'était la première fois qu'elle s'adressait à lui sans ressentir le moindre dégoût. Peut-être parce qu'elle avait entièrement glissé dans son cocon de gélatine.

— Ouais, c'est comme ça qu'elle s'appelle, confirma-t-il avant de s'en aller.

Mai tenait toujours les *ginryôsô* entre ses doigts. Ces fleurs si étranges, qui paraissaient sculptées dans de l'argent. La première fois qu'elle les avait vues, elles l'avaient captivée.

Alors, comme Grand-mère l'avait fait deux ans plus tôt, Mai disposa les fleurs dans un vase à col long, qu'elle déposa devant la photo de Grand-père.

Puis elle décida d'aller arroser la Princesse Myosotis qui poussait dans la petite pièce coincée entre deux portes. Elle se pencha en avant et sans trop savoir pourquoi, tourna les yeux vers la partie sale de la vitre. Le choc la foudroya à la manière d'une décharge électrique. Elle se laissa glisser sur le sol.

Des traits avaient été tracés au doigt dans la boue séchée, comme les enfants s'amusent souvent à le faire.

De la Sorcière de l'Ouest à la Sorcière de l'Est

Ame échappée avec succès

Elle n'y était pas avant, elle en était certaine. Cette inscription. Cette inscription n'était pas là, quelques instants plus tôt, quand Genji se tenait devant la porte. Ou peut-être bien que si. Peut-être ne l'avait-elle simplement pas remarquée.

Ah ! Grand-mère… Grand-mère… Grand-mère… Elle s'en était souvenue. De sa promesse.

A cet instant, Mai sentit l'amour débordant de sa grand-mère inonder son corps, comme une lumière qui se déverserait à flot à l'intérieur de ses veines. Cette lumière écrasante fit fondre le cocon qui l'enveloppait et toutes les sensations qui avaient été scellées en elle revinrent à la vie. Alors la mort de Grand-mère devint une réalité. Mai ne savait pas si elle était triste ou heureuse.

Elle ferma les yeux. Serra les poings avec force, comme saisie. Et elle hurla. De toutes ses forces. Elle hurla comme si elle ne pouvait plus se retenir :

— Je t'aime tellement, Mamie !

Des larmes roulèrent sur ses joues.

Et Mai l'entendit.

La voix qu'elle désirait plus que tout entendre déferla dans son cœur et dans la cuisine, comme son sourire si chaleureux.

I know.

II

L'histoire de Blacky

On se racontait des histoires de fantômes à l'école.

Ces histoires, que l'on aime se raconter l'été pour se faire frissonner, nous faisaient oublier le monde où nous nous trouvions pour nous transporter dans un lieu complètement différent. Même Mai, qui pourtant n'était pas du genre à céder aux dernières modes, n'avait pu s'empêcher de tendre l'oreille quand quelqu'un avait raconté l'histoire du « spectre de la ruelle » qu'il tenait de son grand-père ou de « la maison hantée où personne ne s'aventurait jamais ». Peut-être était-ce le fruit de son imagination, mais ces derniers temps, elle avait aussi l'impression qu'il n'y avait que des émissions spéciales « histoires de revenants » à la télévision. Elle ne manquait jamais de les regarder quand elle savait le jour et l'heure de leur diffusion.

Un soir où aucune de ces émissions n'était prévue au programme, après le dîner pris en tête à tête avec Maman, Mai demanda :

— Tu n'aurais pas une histoire qui fait peur à me raconter ?

— Hum... Une histoire qui donne la chair de poule ? Maman, qui était en train de préparer du thé, prit un instant pour réfléchir. Je ne sais pas si ça fait peur ou non, mais tu sais qu'il m'arrive souvent de rentrer tard du travail ? dit-elle tout en déposant la théière sur la table.

— Oui.

Mai apporta son mug et une tasse pour sa mère. Ses parents travaillaient tous les deux et Papa, qui avait dû déménager dans une autre ville justement à cause du sien, ne se trouvait pas à la maison pour le moment.

— Tu vois le chemin en pente très sombre qui part de l'avenue de la gare ?

— Oui, oui, je le vois !

L'histoire commençait bien et Mai, qui venait juste de s'asseoir, se pencha un peu en avant.

— Quand je n'ai pas très envie de passer devant, que je me sens un peu angoissée, il y a comme une ombre noire qui apparaît là à chaque fois.

La voix de Maman n'était plus qu'un murmure. Mai était suspendue à ses lèvres.

— Et ensuite ?

— C'est tout.

Elle pinça les lèvres, probablement pour souligner que c'était la fin de son récit.

— Mais… et cette ombre, elle sort d'où ?

— Comment je pourrais le savoir ? Elle n'a pas l'air spécialement menaçante.

— Mais elle te fait peur ?

Maman ne fit ni oui ni non de la tête.

— Eh bien… je ne dirais pas ça. Elle me rappelle Blacky.

Blacky, c'était le chien de la famille quand Maman habitait encore chez ses parents dans une maison perdue au beau milieu de la montagne. Il était mort quand Mai était toute petite. Elle entendait parler de lui de temps à autre, mais ne connaissait pas vraiment son histoire. A part celle de sa mort.

— Tu as eu Blacky à quel âge, Maman ? On le voit avec Papi sur une vieille photo chez Mamie.

Son grand-père aussi était mort, mais avant Blacky. Maman répondit lentement, en versant le thé :

— Je devais avoir, voyons voir... à peu près ton âge. Il nous a été offert par un ami de ton grand-père. Comme c'était juste après la mort de notre chien, au début, je ne l'aimais pas beaucoup. Tu comprends, j'avais l'impression de trahir Cherry, que si j'aimais Blacky, alors j'allais finir par l'oublier, que tous mes souvenirs allaient disparaître. Mais ton grand-père m'a dit que ce n'était pas ce qui allait se passer. Elle but une gorgée de thé, puis reprit, comme si elle extrayait un à un les souvenirs de son esprit : Et il avait raison, bien sûr. Chaque fois que Blacky faisait quelque chose, il me rappelait Cherry. Je me disais, Cherry n'aurait jamais fait ça, ou, exactement pareil que Cherry ! Ton grand-père m'a garanti que tout l'amour que j'avais pour Cherry ne s'éteindrait jamais, bien au contraire. Qu'il ne ferait que grandir.

Mai était captivée.

— Quand on a une meilleure amie et qu'on devient amie avec une autre fille, ça ne veut pas dire que notre amitié pour elle disparaît.

— Exactement. L'amitié grandit chaque jour un peu plus. Et à mesure que tu découvres les différences entre elles, tu découvres aussi les points forts de ta meilleure amie.

Mai approuva avec plus de vigueur que d'ordinaire. Maman la dévisagea, l'air de se demander s'il s'était passé quelque chose en classe, mais revint aussitôt à leur sujet de conversation initial. Mai se dit qu'elle n'avait pas très envie de s'impliquer dans ce qui concernait sa vie scolaire.

— Blacky était un labrador noir croisé avec un chien de race japonaise. Il avait tout pris du labrador, mais il y avait un je-ne-sais-quoi de calme, de serein en lui. Il allait toujours se promener avec Grand-père. Un jour, dans le voisinage, je dis ça, mais enfin, il fallait quand même traverser la montagne, un chien qui avait fugué a été retrouvé mort. La laisse, qui était restée accrochée au collier, s'était coincée entre les racines d'un arbre. Après avoir entendu cette histoire, Grand-père a décidé de ne plus mettre de laisse à Blacky. Il disait qu'il n'en avait pas besoin. Blacky se promenait toujours en liberté, peu importe où ils allaient. On ne pourrait plus faire ça aujourd'hui… Mais de mon point de vue, Blacky était un chien vraiment avisé.

— Il prenait même soin de moi, ajouta Mai.

— Oui, oui !

Maman eut l'air heureuse à l'évocation de ce souvenir pourtant maintes fois raconté.

— Tu venais à peine d'apprendre à marcher et ton pas était mal assuré. Blacky restait toujours à côté de toi, en faisant bien attention à ne se tenir ni trop près ni trop loin. Un jour, alors que tout le monde était en panique à la maison parce qu'on ne te trouvait plus, un homme a débarqué pour nous dire qu'il avait vu une petite fille se promener sur la route de derrière, mais quand il avait voulu s'approcher d'elle pour lui parler, le chien qui l'accompagnait s'était mis à grogner. « Peut-être que c'est votre petite ? » nous a-t-il demandé. Maman rit comme si ce qu'elle venait de dire était drôle. On s'est tous précipités derrière et on a effectivement aperçu une petite fille et un chien au loin. Blacky t'escortait, marchant à ton rythme du côté de la route, là où passaient les voitures.

— Je sais que je te l'ai déjà demandé, mais pourquoi Blacky ne m'a-t-il pas empêchée de m'échapper alors qu'il aurait très bien pu le faire ?

Mai avait l'impression que cette *petite fille* n'avait aucun rapport avec elle.

— Tu te débrouillais chaque jour un peu mieux et tu voulais marcher aussi loin que tu le pouvais. Quand on était à la maison, en ville, et que je faisais le ménage, je t'enfermais dans un parc avec des barrières parce que j'avais toujours peur qu'il t'arrive quelque chose.

On pourrait croire que Blacky était mieux traité que moi, songea Mai. De toute façon, elle écoutait ces histoires qui lui étaient arrivées à une époque de sa vie dont elle ne se souvenait pas comme si c'étaient celles d'une autre petite fille.

— Quand on était chez Grand-mère, tu partais toujours n'importe où, pieds nus. Tu sortais par la porte de la cuisine et, une fois, tu es même allée jusqu'au potager. Au début, moi, je poussais des grands cris quand je te voyais faire. Combien de fois j'ai demandé à ta grand-mère de te surveiller pendant que je travaillais dans ma chambre ! Elle me répondait toujours « oui, oui » mais elle ne faisait absolument pas attention. Le potager, tu te rends compte ? C'est bourré de bactéries !

Mai se dit que c'était sûrement une des tactiques de Grand-mère qui avait fonctionné ce jour-là. La vieille dame disait que les bactéries en grand nombre étaient une richesse. Elle disait aussi que marcher pieds nus donnait la sensation d'être connecté à la terre.

— Je t'ai trouvée là-bas et j'étais sur le point de te gronder quand Grand-mère, venue me rejoindre, a dit que tu voulais simplement fouler de tes pieds des paysages inconnus et que je n'avais pas à te réprimander pour ça. Que si cela avait été dangereux, Blacky l'aurait senti et serait intervenu d'une manière ou d'une autre. Sur le moment, j'ai pensé qu'elle le surestimait, mais en réalité, Blacky en était tout à fait capable.

Maman eut un sourire amer et haussa les épaules. C'était la première fois que Mai entendait cette partie de l'histoire. Elle commençait enfin à sentir que cette petite fille avait un rapport avec elle.

— Il était vraiment comme ça. Il veillait sur moi aussi, tu sais. Il y a trente minutes de marche entre la maison de Grand-mère et l'arrêt de bus et quand j'allais en cours et que je rentrais tard à cause des activités de club ou autres, il venait toujours m'attendre à l'arrêt.

— C'est vrai ?

Jamais Mai n'avait entendu parler d'un chien capable d'une telle prouesse.

— Bien sûr. Le matin, je partais avec Grand-père qui me déposait en allant au travail, mais pour le retour, ça dépendait des jours. Au début, il ne faisait qu'accompagner ta grand-mère quand elle venait m'attendre, mais un soir, elle lui a dit: « Blacky, c'est bientôt l'heure, tu veux bien aller la chercher ? » et il s'est aussitôt mis en route, d'après ce qu'elle m'a raconté. Et ça ne s'arrêtait pas là. Quand elle lui demandait quelque chose, « va chercher ci ou ça » ou « fais rentrer les poules dans le poulailler », en général, il le faisait.

— Et toi, tu lui demandais quoi ?

— Eh bien... Maman eut l'air un peu dépitée. Je crois qu'il se considérait comme au-dessus de moi, il se voyait sûrement comme mon protecteur, alors il n'obéissait pas à mes ordres. Quand j'ai demandé à Grand-mère quel était le « truc » pour qu'il m'écoute, elle m'a répondu en souriant qu'il fallait simplement le lui demander en y mettant tout son cœur.

Mai, qui n'avait aucun mal à imaginer la scène, pouffa. Cette réponse ressemblait tellement à Grand-mère !

— En tout cas… Maman s'éclaircit la gorge. Blacky était un gros chien noir plutôt effrayant. De temps en temps, on croisait sur le chemin des hommes qui n'étaient pas du coin. Et crois-moi, à chaque fois ils s'écartaient pour nous laisser passer. Je voyais bien qu'ils avaient peur de lui. Un soir, on a rencontré un énorme tonneau métallique échoué sur le bas-côté. Je ne sais pas vraiment comment il était arrivé là, peut-être qu'il était tombé d'un camion qu'on avait vu passer un peu plus tôt. Blacky, qui s'était aussitôt interposé entre le tonneau et moi, s'est mis à aboyer furieusement. Tête basse, l'air incroyablement menaçant, il aboyait, grognait rageusement, aboyait, le corps tendu, prêt à attaquer. C'était la première fois que je le voyais dans cet état. J'ai été un peu surprise au début, mais j'ai vite compris qu'il n'avait jamais vu de tonneau métallique de sa vie et qu'il ne savait donc pas ce que c'était, surtout que ce tonneau ne se trouvait pas là quand il était venu me chercher. Il voulait me protéger en essayant de tenir à distance le gros monstre qui avait tout à coup surgi devant nous. Il croyait peut-être que c'était un ours ou un animal de ce genre. Même l'odeur lui était inconnue. Quand j'ai cherché à le calmer, j'ai remarqué qu'il avait la queue entre les pattes. Blacky était mort de peur et pourtant, il ne pensait qu'à me protéger.

Mai était touchée par son courage, même s'il avait été un peu idiot de confondre un tonneau avec un ours. Blacky était un bon chien. Elle enviait sa mère d'avoir eu un compagnon tel que lui.

— Le lendemain, il semblait avoir compris que le tonneau n'était pas vivant et il est passé devant lui comme si de rien n'était. Je n'ai pas pu m'empêcher de le taquiner: « Blacky, qu'est-ce que c'est que ça ? Tu étais tellement furieux contre lui hier, tu t'en souviens ? » Et lui de trottiner nonchalamment, l'air de dire: « Quoi ? J'ai fait ça, moi ? » Il devait se sentir plutôt honteux !

Maman se mit à rire et Mai l'imita.

— Mais tu sais, il obéissait quand même à certains de mes ordres. C'était moi qui étais chargée de le nourrir, c'est pourquoi il m'écoutait quand je lui demandais d'attendre ou que je lui donnais l'autorisation d'y aller. Et pas seulement au moment de manger: je lui disais « attends » quand je voulais qu'il s'arrête, et « vas-y » pour lui signifier que l'ordre était levé... « Attends », répéta-t-elle dans un murmure.

Peut-être était-elle en train de revivre une scène du passé.

— Mais c'était Grand-père que Blacky aimait le plus. Quand ton grand-père est mort, son état s'est peu à peu dégradé. Quand Grand-mère m'a annoncé qu'il ne mangeait quasiment plus, j'ai pensé qu'il devait avoir un problème quelque part et j'ai insisté pour qu'elle l'amène et qu'on lui fasse passer des examens à la clinique vétérinaire universitaire. Que Blacky meure à son tour...

Les mots lui manquèrent. Mai avait un vague souvenir de Blacky venu en visite en ville.

— Quand j'y repense... J'ai vraiment mal agi. Grand-mère était contre, mais elle a fini par céder à mes supplications. Je lui disais que si Blacky venait à mourir, ce serait vraiment trop dur pour moi... Je pense qu'elle avait compris que je m'inquiétais pour elle. Grand-père et Blacky partis... elle se serait retrouvée toute seule.

Mai était convaincue que sa grand-mère n'était pas le genre de personne à être affectée par une vie solitaire. La suite, elle la connaissait. Elle savait comment Blacky était mort. La tumeur que l'on avait découverte après une batterie d'examens pénibles nécessitait une lourde opération pour être retirée. L'intervention, qui consistait notamment à gratter l'os du bassin, avait été un échec. S'ils n'avaient rien fait du tout, Blacky aurait pu vivre un peu plus longtemps.

« Je suis tellement, tellement désolée ! Il aurait sûrement préféré mourir à la maison, à tes côtés ! » Maman pleurait à côté du chien noir. Depuis qu'elle était enfant, dès qu'elle versait des larmes, Blacky accourait pour la lécher ou posait sa truffe sur elle pour la consoler. C'est pourquoi, à ce moment-là aussi, il avait très certainement cherché à la réconforter. Il avait voulu battre de la queue et tendre le cou pour lui lécher la main, mais il était à bout de forces. Sa queue était retombée et il était mort.

Pour être honnête, Mai ne savait pas si elle avait vraiment assisté à cette scène ou si elle s'imaginait l'avoir vue après en avoir tant de fois entendu parler. Elle se trouvait vraiment là, apparemment. La seule chose dont elle était sûre, c'est que cette histoire, qui faisait pleurer Maman dès qu'elle la racontait, l'avait profondément marquée.

Mai était persuadée que Blacky n'en voulait pas à sa mère, même si la façon dont il était mort pouvait laisser croire le contraire.

— Tu crois que c'est le fantôme de Blacky qui revient te hanter ?

Maman secoua la tête comme si l'idée lui paraissait extravagante.

— Non, non, bien au contraire. Je pense que... Blacky continue de veiller sur moi même après sa mort et qu'il ne peut peut-être pas partir rejoindre ton grand-père qu'il aimait tant.

— Oh ! Tu veux dire que... qu'il viendrait t'attendre à la gare ?

— Oui, voilà.

C'est une façon bien commode de penser, songea Mai, qui demeura stupéfaite l'espace d'une seconde. Pourtant, les anecdotes qu'elle venait d'entendre la poussaient à le croire. Blacky en était tout à fait capable. Maman reniflait, ses souvenirs faisaient déborder ses larmes. Un bruit s'éleva tout à coup depuis les ténèbres derrière la fenêtre à moustiquaire. Maman et Mai se dévisagèrent aussitôt.

Frrshh...frrshh...frrshh... on aurait dit le frottement produit par les pas d'un animal en mouvement. Or, le jardin était clôturé, il était impossible d'y pénétrer depuis l'extérieur. Mai se figea, l'oreille tendue. Le rideau se souleva légèrement.

— Blacky… Maman bondit de son siège et se tourna en direction de la fenêtre. Je vais bien, tu n'as pas à t'inquiéter ! Tu peux partir où tu veux maintenant… Vas-y ! s'écria-t-elle après un court instant.

Le rideau, pareil à une ombre noire ondulante, se souleva de nouveau. Le calme était revenu dehors, on n'entendait plus aucun bruit. Maman, qui s'était retournée vers Mai, se mordait les lèvres. Elle retenait ses larmes de toutes ses forces, pour ne pas inquiéter Blacky.

Ce n'était pas une « histoire de fantôme » à proprement parler, de celles que l'on se racontait entre amis, mais Mai avait ressenti comme un frisson, du moins quelque chose qui s'en approchait.

Quelques jours plus tard, Maman lui confia, un peu triste, que l'ombre noire n'apparaissait plus. Selon Grand-mère, à qui elle avait téléphoné pour en discuter, c'était parce que Blacky était un chien particulièrement dévoué et aimant. Papa, en revanche, ne la prenait pas au sérieux. Pour lui, cette ombre n'était rien d'autre que le fruit de son imagination, parce qu'elle se sentait coupable vis-à-vis de Blacky. Bien sûr, si plusieurs personnes l'avaient vue et l'avaient reconnue comme un *fait*, une *réalité*, alors ce serait différent.

Papa était probablement un de ces *adultes qui réagissent avec sang-froid*.

Il arrivait à Mai de se souvenir du *frisson* qui avait parcouru sa peau ce soir-là. Ce n'était pas un simple frisson de peur, non. Bien sûr, elle avait senti un je-ne-sais-quoi qui n'appartenait pas au *monde d'ici-bas*, mais le frisson qui l'avait traversée à cet instant-là lui paraissait beaucoup plus majestueux qu'un simple frémissement de frayeur.

Mai avait commencé à comprendre que la *réalité*, comme l'appelait Papa, et les histoires qui se déroulaient dans le cœur des gens étaient deux choses bien distinctes. Il ne fallait pas les confondre, mais sûrement que de temps en temps, on pouvait décider en secret de ce qu'était *sa vérité à soi*.

III

Un après-midi d'hiver

— Bonjour, Mai ! Déjà levée ?

La radio bourdonnait en bruit de fond dans la cuisine remplie de vapeur. Ma grand-mère, qui avait remarqué ma présence, m'a adressé un sourire derrière ce nuage vaporeux. Bien qu'Anglaise de naissance, elle vivait au Japon depuis qu'elle était jeune et était parfaitement à l'aise en japonais.

Lorsque j'étais à l'école primaire, je venais souvent lui rendre visite pendant les vacances scolaires. Cette fois, c'était pendant les congés d'hiver de ma sixième année de primaire, soit la dernière avant d'entrer au collège. Mon grand-père étant décédé, elle vivait seule.

— Bonjour, Mamie !

Je n'étais encore qu'une enfant et à mon réveil, en voyant que ma grand-mère, qui était censée dormir à mes côtés, n'était plus là, l'esprit encore embrumé par les rêves, je m'étais précipitée dans la cuisine en pyjama.

— Tu dois avoir froid.

Elle s'est emparée de son châle suspendu à une chaise et l'a déposé sur mes épaules. Je me suis retrouvée enveloppée par l'odeur de la fumée du fourneau qui imprégnait la laine. Quand je me remémore cette maison en hiver, c'est cette odeur qui vient immédiatement chatouiller mes narines. La cuisine enfumée – au point, parfois, d'en avoir les yeux qui picotent – mais chaude. Rien ne pouvait remplacer cette chaleur franche et moite.

— Je vais vite me changer !

Je suis retournée dans la chambre pour me déshabiller. Le froid m'a donné la chair de poule et m'a fait claquer des dents. Je me suis dépêchée d'enfiler mes vêtements, les muscles crispés.

— Brrr !

Je suis retournée dans la cuisine et j'ai franchi la porte qui menait au jardin. Le vent a sifflé à mes oreilles, me poussant à fermer les yeux. Les traits de mon visage se sont raidis. J'ai rouvert les yeux, jeté un coup d'œil à la bassine posée près du robinet et j'ai sursauté en y découvrant l'eau gelée à l'intérieur.

— Mamie, Mamie ! L'eau, elle est gelée ! me suis-je exclamée en me ruant à l'intérieur.

— Ah, c'est vrai ! En hiver, il vaut mieux te laver le visage dans la salle de bains. L'eau est justement en train de bouillir.

Grand-mère a attrapé la bouilloire posée sur le poêle et a versé l'eau chaude dans un baquet métallique, avant d'ajouter de l'eau froide. Je me suis emparée de la cuvette, direction la salle de bains. Je me suis lavé le visage à la hâte puis je me suis brossé les dents.

Quand on vivait en ville, on ne se retrouvait jamais ainsi glacé jusqu'aux os, même quand la température dégringolait. Le froid de la montagne était impitoyable : il s'insinuait insidieusement par tous les pores de la peau.

— Lors du premier hiver passé dans cette maison, l'eau dans le verre que ton grand-père avait posé sur la table de chevet avant d'aller dormir a gelé au cours de la nuit, a raconté Grand-mère avec un sourire pendant le petit-déjeuner, une tasse de thé entre les mains.

— Oh, comme dans un congélateur !

— Oui, un congélateur naturel. Si on laissait du jus de fruits dehors, il se transformait en sorbet.

— Wouah !... C'est vraiment comme un congélateur, alors ! Ça serait super si on pouvait le faire aussi en été.

J'avais la tête pleine du mot *sorbet*. Et des étoiles plein les yeux, j'en suis sûre.

— C'est vrai, ce serait bien, mais il fait chaud l'été. Et quand il fait chaud, l'eau ne peut pas se transformer en glace, a remarqué ma grand-mère avec son éternel sourire.

J'avais beau être une enfant, je le savais, évidemment. Me corrigeait-elle sérieusement ? Ou était-ce simplement une plaisanterie ? Si elle était sérieuse... alors elle devait penser que j'étais une fillette ignorante. J'étais décontenancée tout à coup.

— Je sais que la glace ne peut pas se former quand il fait chaud, ai-je lentement murmuré, pour voir.

— Je sais que tu le sais.

Ouf ! Ce n'était donc qu'une plaisanterie. Mais le soulagement a été de courte durée et a bien vite été remplacé par la honte de prendre ce genre de chose trop à cœur.

A l'époque, j'étais très préoccupée par la façon dont les autres me percevaient. Et je trouvais lamentable de m'en soucier. Quand ces pensées se mettaient à tourner en boucle dans mon esprit, j'en venais à me détester. J'ai touillé dans mon œuf à la coque qui reposait dans son coquetier. Grand-mère suivait des yeux les mouvements de mes doigts.

— Tu ne veux pas que les autres pensent du bien de toi, tu veux simplement qu'ils te comprennent correctement, n'est-ce pas ? a-t-elle déclaré avec la plus grande douceur, comme si elle déroulait délicatement le fil d'un cocon.

Sa manière de parler – le grand soin, la grande prudence avec lesquels elle choisissait ses mots, comme si elle avait affaire à quelque chose de très fragile – pouvait parfois résonner comme du japonais maladroit, mais elle n'en a pas changé tout au long de sa vie, du moins avec moi.

Pourquoi était-ce aussi naturel et facile chez elle, exactement comme si elle accomplissait un geste du quotidien ? Aujourd'hui encore, quand j'y repense, cela me paraît particulièrement mystérieux. Peut-être parce que le japonais n'était pas sa langue maternelle ? Il existait une certaine tension entre elle et les mots et elle ne les laissait pas s'écouler en suivant leur cours – non, aucune *habitude* ne s'est installée entre eux jusqu'à la fin. Elle tâchait d'être la plus précise possible. Elle ne se contentait pas de lancer les mots sans plus s'en préoccuper, non, elle s'assurait toujours que son interlocuteur les saisissait correctement, tout comme l'intention qu'ils traduisaient. Oui, c'était ainsi qu'elle parlait.

J'ai relevé la tête, surprise. Elle a continué :

— Si c'est le cas, alors le plus judicieux est de toujours corriger, rectifier, et même répéter pour insister.

Comment avait-elle pu deviner ?

— En fait… j'ai vraiment hésité… je ne savais pas si je devais te le dire, ai-je balbutié, stupéfaite.

— Mmm, mmm.

Elle a souri, mais n'a plus rien ajouté.

Ce jour-là, après le déjeuner, Grand-mère devait se rendre au foyer du village au pied de la montagne pour y enseigner la recette de son gâteau aux fruits et donner un cours de conversation anglaise basique. Pour être plus précise, il s'agissait plutôt de faire une démonstration de pâtisserie et d'expliquer les étapes en anglais. Quand, avant de partir, elle s'est demandé d'un air inhabituellement inquiet si elle allait être capable de fournir les explications dans sa langue, je n'ai pas pu résister à l'envie d'éclater de rire.

Une fois seule, je me suis installée à la table de la cuisine pour faire mes devoirs. Mon travail terminé, je suis allée dans le salon. Comme le temps avait l'air plus doux, j'ai ouvert la fenêtre avant de m'allonger sur le tapis. Je me suis laissée aller à la rêverie en regardant le jardin. Entre les herbes sèches perçait une pousse d'un vert tendre, baignée par la douce lumière du soleil d'hiver. Le chant d'un passereau s'est élevé non loin de la maison. C'était une véritable invitation au sommeil.

Je commençais à m'assoupir quand le caquètement strident d'une poule m'a fait rouvrir les yeux. Le coq creusait la terre de sa patte, picorait le sol. La nuit, les poules étaient enfermées dans le poulailler, mais elles pouvaient se promener librement dans le jardin pendant la journée. Deux poules semblaient avoir trouvé un insecte à déguster. Leurs regards convergeaient sur le même point, un peu plus loin devant elles. Le coq s'est élancé sans la moindre hésitation pour le leur voler, comme s'il n'y avait rien de plus normal. Ce n'était pas la première fois qu'il se comportait de cette manière.

J'ai senti la colère me gagner. Tout d'abord, son arrogance me déplaisait. Pourquoi se donnait-il toujours de grands airs alors qu'il était incapable de pondre un œuf ?

Je savais pertinemment que lui reprocher de ne pas en être capable n'était pas juste – ce n'était pas la faute du coq, et ce reproche n'avait d'autre raison que le profit qu'en retiraient les humains – mais il est toujours difficile d'être juste quand les émotions entrent en jeu.

Quand la même scène s'est reproduite, je n'ai pas pu rester sans rien faire. J'ai bondi sur mes pieds, furieuse, franchi la porte d'entrée et foncé vers le jardin de derrière. En chemin, je me suis arrêtée devant le cabanon où étaient rangés les outils de jardinage, j'ai ouvert la porte et j'en ai sorti le balai d'extérieur. Les lèvres pincées, j'ai traversé le jardin d'un pas résolu. J'ai aperçu le coq, occupé, comme d'habitude, à accaparer tous les vers de terre. Je pensais lui frapper le derrière de toutes mes forces avec le balai, mais j'ai changé d'avis à la dernière seconde. J'ai retourné le balai et je l'ai poussé du bout du manche. Le petit orgueilleux, qui ne s'y attendait pas, a basculé vers l'avant, tête la première, et au moment même où il a compris ce qui venait de se passer, il s'est rageusement élancé vers moi. Stupéfaite, oubliant tout amour-propre, j'ai jeté le balai et me suis enfuie à toutes jambes. Je pensais que les choses allaient en rester là, mais le roi de la basse-cour était un adversaire pugnace et je sentais la terreur m'envahir à mesure que nous nous rapprochions de la porte d'entrée.

Je me suis précipitée à l'intérieur, j'ai claqué la porte à toute vitesse. J'ai pris une profonde inspiration. J'avais l'impression d'être dans un film d'horreur. Et si c'était vraiment le cas, le coq allait surgir tout à coup d'un recoin sombre de la pièce et… impossible, impossible ! me suis-je raisonnée, pour me réconforter… Bon sang ! La fenêtre du salon ! Je l'avais laissée ouverte… Un rapide coup d'œil m'a appris que je l'avais apparemment refermée à un moment donné. J'ai poussé un soupir de soulagement. Je pouvais voir, depuis la fenêtre, les deux poules creuser la terre et picorer comme si rien ne s'était passé. Une scène sereine et paisible, dans un coin ensoleillé du jardin. J'avais au moins pu leur procurer un moment de paix, cette idée m'a un peu consolée.

Mais où pouvait bien être le coq ? Peut-être attendait-il patiemment devant l'entrée que la porte s'ouvre ? Mais alors… je ne pourrais plus jamais, de toute ma vie, sortir de cette maison ! J'en ris quand j'y repense aujourd'hui, mais à l'époque, cette pensée m'a très sérieusement traversé l'esprit, ne faisant qu'attiser ma peur. Je me suis avancée tout doucement vers la porte. Je pensais l'entrouvrir, juste un peu, afin de me faire une idée de la situation extérieure. Au moment même où je tendais la main vers la poignée, la porte s'est ouverte à toute volée. J'ai poussé un hurlement.

— Mais qu'est-ce que… Tu m'as fait peur ! C'est quoi ce raffut ?

Grand-mère. J'ai senti mes forces m'abandonner.

— Oh… c'est toi… Tu es… rentrée.

— Oui, ce n'est que moi. Qu'est-ce qui s'est passé ? Allez, viens avec moi à la cuisine. J'ai du gâteau.

— Chouette ! Je m'occupe de faire bouillir de l'eau !

Soulagée et aussi un peu gênée, ma réaction avait été beaucoup plus enthousiaste que d'ordinaire. J'ai filé dans la cuisine pour remplir la bouilloire et la mettre à chauffer. Grand-mère avait fini de couper le gâteau, et tandis qu'elle s'affairait à préparer le thé, je lui ai raconté tous les détails de ma mésaventure.

— Ha ha ! Et le coq t'a poursuivie jusque devant la porte ? Je l'ai chassé vers le jardin de derrière, tu n'as plus à t'en faire.

— C'est vrai ? Mais… est-ce que tu crois que maintenant il va toujours me… me surveiller ?

— Il n'est pas si obstiné que ça. Il suffira d'une nuit, même pas, je suis sûre qu'il a déjà tout oublié. C'est comme ça, un coq. Ne t'en fais pas.

Elle m'a servi une part de gâteau fourré aux noix et aux fruits secs, a versé de l'eau chaude dans ma tasse déjà à moitié remplie de lait. Grand-mère ajoutait toujours du lait chaud dans mon thé.

— Tu crois ça ? Mais s'il était autant en colère, c'est peut-être parce que je lui ai fait plus mal que je ne le pensais. J'ai bu une gorgée de thé. Peut-être que moi, il ne m'oubliera pas. Il n'oubliera pas que je l'ai attaqué une fois. En plus, j'ai l'air tellement vulnérable, ai-je ajouté à mi-voix.

Je venais de faire un petit pas dans le domaine de la psychologie. Je voulais voir comment ma grand-mère allait s'en sortir. Je savais qu'elle m'avait toujours acceptée comme j'étais, mais je voulais voir sa réaction en temps réel face à mes tourments les plus vifs.

Les enfants, sans forcément en avoir conscience, font parfois passer ce genre de *test* crucial avec le plus grand naturel. Et les adultes ne se rendent pas forcément compte qu'ils sont en train d'être testés. Et parfois, ils répondent à la va-vite. Alors qu'ils devraient au contraire faire preuve à ce moment-là d'une attention et une concentration particulières. Ma grand-mère était du genre à le savoir.

Elle a hoché la tête.

— On va ajouter un peu de crème à ce gâteau. Donne-moi une minute.

Elle s'est levée pour aller chercher des œufs dans le panier, les a cassés dans un bol avant de les battre. Elle a versé du lait, du sucre et de la fécule de maïs dans une petite casserole, qu'elle a déposée sur le feu. Elle a ajouté les œufs au mélange en le remuant. De la mousse s'est formée. Elle a ajouté du beurre.

Je suivais des yeux sans me lasser le déroulement fluide de ses gestes. Je peux facilement me les remémorer aujourd'hui encore. Exactement comme si j'y étais.

Elle a éteint le feu et, tout en continuant de remuer le contenu de la casserole :

— Il est normal de se sentir blessé. On n'y peut rien. Et comme c'est dans ta nature, tu n'as pas d'autre choix que de faire avec, a-t-elle déclaré lentement, délicatement, comme si elle déroulait un fil de soie hors d'elle.

J'ai senti mes joues s'empourprer. Un éclair de confusion et d'hostilité, puis le soulagement. Comme lorsqu'on se plonge dans un bain brûlant et que tous les muscles de notre corps se détendent peu à peu après s'être contractés un instant. L'eau chaude nous fait comprendre qu'elle est notre alliée, qu'il n'est pas utile de se crisper et cela nous procure le soulagement de l'abandon le plus total.

C'est dans ta nature… On n'y peut rien… Ces mots étaient étrangement persuasifs, bien qu'ils fussent à l'exact opposé d'un encouragement qui m'aurait poussée à devenir plus forte pour ne plus me sentir blessée. Elle me faisait savoir que j'aurais beau faire tous les efforts du monde, tant que je serais moi, je ne pourrais échapper à ces blessures. Même si sa déclaration sonnait comme une condamnation, je ne me suis pas sentie au bord du désespoir à l'idée que mon avenir s'annonçait sombre. Non, je me suis sentie d'une humeur vraiment joyeuse : on aurait dit qu'une faible lueur venait de s'allumer tout au bout du chemin, m'indiquant la direction.

Grand-mère a repris :

— Tu es une enfant intelligente, Mai, tu sais qui tu es. Mais tu peux avoir la certitude que, quelle que soit la blessure, elle ne pourra jamais totalement te détruire.

Elle venait de me transporter dans une dimension complètement différente, une dimension qui m'offrait une vue d'ensemble instantanée de ma vie. J'avais douze ans à peine, je ne connaissais rien du monde extérieur, je manquais d'expériences en tout, mais je venais tout à coup de comprendre que des événements douloureux allaient survenir tout au long de ma vie et que j'allais devoir les surmonter l'un après l'autre, même si j'étais blessée physiquement et mentalement. Cela m'est subitement apparu, comme la foudre qui tombe dans la montagne au cœur de la nuit et nous laisse entrevoir le paysage, le temps d'une seconde. Il y en aurait sûrement un paquet, de ces événements. Du genre à vous mettre le cœur et le corps en lambeaux. Mais ils ne pourraient jamais complètement me détruire. Tout comme ils ne m'avaient jamais détruite jusqu'alors.

Je ne savais pas comment répondre, alors j'ai gardé le silence.

— Peu importe ce qui se passera, il faudra te convaincre que cette blessure ne sera pas mortelle. Ainsi, et même si sur le moment tu es incapable d'y croire, des graines auront été semées, et quelque part dans ton corps et dans ton cœur germera une nouvelle force de vie.

Cette blessure ne sera pas mortelle.

J'ai reçu bien des coups que j'aurais pu considérer comme fatals, mais à chaque fois, je suis restée fidèle à la pensée de ma grand-mère, que je prononçais à la manière d'une formule magique. *Cette blessure ne sera pas mortelle*. Même lorsque se succédaient les jours où il me paraissait impossible de me lever, ces mots, pareils à la lumière douce et chaleureuse de cet après-midi d'hiver, continuaient à être absorbés par la terre gelée à cœur.

Cela ne pourra jamais me détruire.

Cela ne pourra jamais te détruire.

— Mamie, tu me fais penser à la fée dans la Belle au bois dormant.

J'imagine que j'avais envie d'éloigner de moi ce que je venais d'apprendre en faisant une remarque spirituelle. Cette comparaison avait jailli tout à coup dans mon esprit et je suppose que j'ai voulu en faire étalage.

— La fée dans la Belle au bois dormant ?

— Mais si, tu sais, l'histoire avec la méchante fée qui lance une malédiction à la princesse qui vient de naître. « Quand cette enfant aura quinze ans, elle se piquera le doigt à la pointe d'un fuseau et elle en mourra ! » Et tout le monde est désespéré, mais il y a une bonne fée qui n'a pas encore fait de don à la princesse. Elle n'a pas le pouvoir d'annuler le maléfice mais elle peut l'atténuer. « Quand elle aura quinze ans, cette enfant se piquera le doigt à la pointe d'un fuseau et elle tombera dans un profond sommeil. Seul le baiser d'un prince la réveillera. » Tu vois ?

— Oui ! Bien sûr !

Cette comparaison, si je peux me permettre, était vraiment bien trouvée.

Ma grand-mère avait vu juste concernant mon destin, mais elle m'a aussi appris la formule magique pour l'affronter. Afin que sa petite-fille *difficile à vivre* ait les moyens de survivre dans un futur où elle ne pourrait pas être à ses côtés pour l'encourager.

Finalement, j'ai été incapable de résister à l'amour inconditionnel que me portait ma grand-mère. Peu importe avec quelle force je l'avais repoussé, seule une capitulation totale m'attendait à la fin... même si je n'avais aucune raison de m'y opposer à l'origine.

— Je pensais te vanter les qualités de notre coq, mais... Grand-mère, qui était en train de recouvrir le gâteau de crème, a légèrement penché la tête sur le côté, comme si elle était ennuyée. Aucune ne me vient à l'esprit immédiatement, a-t-elle ajouté d'un air désolé.

Ce qui m'a fait pouffer de rire. Elle était si adorable !

— Je t'aime tellement, Mamie !

Et d'une voix où perçait son habituel sourire, elle m'a répondu :

— *I know.*

J'ai entendu le coq chanter au loin, le croassement nonchalant d'un corbeau paraissait lui répondre. Et il m'a semblé que désormais, je pourrais discuter des qualités de notre coq avec ma grand-mère.

Mais tout ceci appartient à un lointain passé. Malgré tout, il arrive que des scènes de cette époque surgissent si nettement dans mon esprit que je ne peux m'empêcher de fermer les yeux. Les doux rayons du soleil qui pénétraient par la fenêtre de la cuisine, teintant d'orangé les murs, la table, les couverts, le gâteau, le buste de ma grand-mère souriante. Les dernières lueurs d'un paisible hiver.

IV

Les brindilles dans le fourneau

Le soleil se lève un peu plus tard chaque matin.

Je remue légèrement, me redresse et replie simplement la couverture. Je me lève, j'allume la lumière. Je vais dans la cuisine, remplis la bouilloire d'eau, la dépose sur le feu. Chacun de ces gestes, tous liés entre eux, me prend un peu plus de temps qu'autrefois. Avant, je les accomplissais avec beaucoup plus de facilité.

J'ouvre la porte de la cuisine, laisse entrer le vent. L'air est frais, chargé d'humidité, porteur des premières odeurs de la forêt en automne. Le temps est à l'orage. Dehors traîne encore l'obscurité d'avant le point du jour. Je retourne dans ma chambre, le regard rivé sur mes pas mal assurés, et au moment même où je finis de ranger le futon, l'eau se met à bouillir.

Je réchauffe la théière vide en la remplissant d'eau frémissante, que je jette ensuite dans l'évier, puis je la pose sur la table. Je puise deux cuillerées dans la boîte à thé que je verse dans la théière fumante, j'ajoute de l'eau bouillante. Je remets le couvercle et laisse le thé infuser.

J'allume la radio. L'animateur est en train d'annoncer les nouvelles du jour. Je sors une tasse du placard. Le mug que la petite a laissé ici aussi.

Au moment de quitter la maison, elle a longuement regardé son mug, puis a fini par le ranger dans le placard. Je l'ai vue faire. Elle aurait très bien pu le prendre avec elle, mais elle l'a laissé ici, comme si elle allait revenir. Même si elle n'en avait probablement pas l'intention.

Depuis, chaque fois que je pose les yeux sur cette tasse, je suis envahie par de tendres pensées et une sensation de chaleur m'enveloppe. Comme quand cette petite était avec moi.

Je remplis de thé les deux tasses. Pour qu'elle ait, aujourd'hui encore, le cœur et le corps bien au chaud, qu'elle se sente apaisée. De la fumée s'élève paisiblement de son mug.

Je m'assois pour boire mon thé. La radio continue tranquillement de diffuser les nouvelles locales. Le programme change et passe au bulletin météo. La pression atmosphérique est plutôt basse. Il fallait s'y attendre. Comme la *ligne de front des pluies automnales* – une formule propre au Japon, que j'aime particulièrement – se dirige actuellement vers le sud, le temps est changeant *comme les yeux d'un chat*. Cette comparaison, utilisée par le présentateur, me titille les oreilles. Elle fait sûrement référence aux pupilles des chats qui se dilatent ou se contractent selon la luminosité. Je n'ai jamais vu les yeux d'un chat changer à ce point, mais peut-être qu'un Japonais malicieux a autrefois essayé. D'exposer à la lumière les pupilles d'un de ces petits félins avec un objet réfléchissant. Je regarde par la fenêtre. Il ne pleut pas encore mais la pluie va certainement tomber au cours de la matinée. Je comptais finir de semer les épinards aujourd'hui. Ils devront attendre encore un peu. Ce sera bientôt la fin des potirons. Je vais plutôt aller cueillir les plus gros d'entre eux dans le potager. Je les ferai mijoter dans un bouillon avec des haricots. Comme je n'ai que du petit linge à laver, je n'aurai qu'à le faire sécher dans la véranda. Ces pensées me viennent à l'esprit tandis que je me fais griller une tranche de pain. Je pose le beurrier et la confiture sur la table. Ainsi qu'une assiette plate et un couteau. J'ajoute du lait dans ma tasse et me ressers un peu de thé.

Mon modeste repas terminé, comme le vent vient justement de tomber, je prends un panier pour aller ramasser les œufs dans le poulailler. Quand la petite était là, c'était son travail du matin, juste avant le petit-déjeuner. Dans cette maison où l'on ne consomme pas vraiment de protéines, il me semblait qu'une enfant en pleine croissance devait au moins manger des œufs au petit-déjeuner. Elle a vécu pas mal d'aventures avec les poules et appris à les fréquenter à sa façon. De nouvelles poules dans un nouveau poulailler : c'est le début d'une nouvelle époque. Je ne sais pas pourquoi, mais ces poules-ci sont plus fortes. Il leur arrive de pourchasser le coq ou de lui becqueter la crête, ce qui est plutôt drôle à voir. Si elle était là, cela la ferait certainement rire aux éclats. Deux œufs. Comme elles en pondent trop pour moi seule, je les utilise souvent pour faire des gâteaux que j'offre dans le voisinage. Je sais que Genji raffole de mes gâteaux, et ce, depuis qu'il est tout petit. Je range les œufs dans la cuisine et m'en vais balayer le jardin de devant. Les feuilles mortes ne sont pas encore trop nombreuses, seuls les raclements réguliers de mon balai retentissent aux alentours. Des bulbuls à oreillons bruns échangent quelques modulations. Le parterre de lis-crapauds sur le côté commence à bourgeonner. L'automne est de retour dans le jardin. Je m'arrête de balayer et tends l'oreille. Je perçois un discret *toc-toc* contre le tronc d'un arbre, bien différent du tambourinement clair et fier du pic vert au printemps. J'aime ce son. Il m'évoque un artisan absorbé par son travail et le mouvement de ses mains dans un recoin de ce monde plongé dans l'ombre.

Je décide d'aller sur la colline. Le soleil brillait encore quand je suis sortie, mais le ciel se couvre en un rien de temps. Pourquoi ai-je pris cette décision et pourquoi maintenant ? La réponse m'apparaît après quelques minutes de marche. Je découvre un oisillon gisant sur le sol. Probablement une mésange de Chine. Il a dû tomber du nid alors qu'il s'entraînait à prendre son envol. Il cherche à prendre la fuite en battant des ailes quand je m'approche de lui. Mais une de ses pattes est prise au piège et l'empêche de bouger. Au-dessus de moi, ses parents poussent de vigoureux cris d'alerte. Je me penche doucement, j'écarte la fourche de la brindille dans laquelle sa patte est prise, et afin qu'il soit à l'abri même s'il se met à pleuvoir, je le dépose sur une branche sous d'autres plus grosses et plus touffues. Il déploie largement ses ailes, peut-être pour m'intimider, et se met en position pour prendre son envol, mais il semble ne pas correctement y arriver, ce qui le laisse stupéfait. Le bruit des gouttes de pluie commence à se faire entendre. J'abandonne l'idée d'aller sur la colline et je rentre à la maison à pas rapides. Tant mieux. Si je n'avais pas trouvé cet oisillon, la pluie lui aurait fait perdre sa chaleur corporelle et l'aurait affaibli en un rien de temps. Ou peut-être se serait-il fait attaquer par un serpent. Cela ne me concernait peut-être pas puisque les serpents aussi doivent vivre, mais voilà, j'ai croisé son chemin, il a eu beaucoup de chance. Les oisillons quittent le nid au début de l'été en général. Mais il arrive parfois qu'ils naissent à la fin de l'été et prennent leur envol au début de l'automne. A peine ont-ils fait leurs premiers pas dans la vie qu'ils doivent affronter la rudesse et la cruauté de l'hiver. On peut raisonnablement penser qu'ils partent avec un handicap et déplorer leur mauvaise fortune. Le hasard de leur naissance les oblige à affronter l'une après l'autre des situations désespérées, comme celle vécue par l'oisillon tout à l'heure. Mais il arrive aussi que la chance leur sourie. J'espère que la chance lui sourira beaucoup, et qu'il pourra survivre aux rigueurs de l'automne et de l'hiver.

A peine suis-je rentrée dans la maison que la pluie se met à marteler violemment la terre. J'ai un peu froid, mais dans l'ensemble, ça va. Je m'essuie avec une serviette. Contrairement à la pluie d'été, cette pluie-ci vous glace jusqu'aux os. Dieu merci, j'ai pu trouver la mésange avant qu'elle se mette à tomber. Je dépose des brindilles dans le fourneau pour allumer le feu. Le premier de l'automne. Quelques années avant sa mort, il avait construit ce fourneau avec le forgeron du coin, pour passer le temps. Je n'en ai pas besoin au printemps et en été, mais je l'utilise pour mijoter des plats en automne et en hiver. Il me sert de chauffage par la même occasion. C'est vrai qu'il me rend de grands services. Des brindilles et des branches de cyprès ramassées lors de mes promenades dans la montagne suffisent pour l'allumer. Désormais, je n'ai plus la force de fendre des bûches. Tout cela, il devait le savoir. Il l'avait sûrement prévu.

Le bruit de la pluie se superpose à la musique de Chopin diffusée par la radio.

Je me prépare un café, ce que je n'ai pas fait depuis longtemps, je sors un biscuit d'une boîte et sirote une gorgée en regardant la pluie torrentielle. On dirait une de ces averses orageuses qui s'abattent en été. Même le temps n'est plus ce qu'il était.

Comme je ne peux pas travailler dehors, je rassemble les bougeoirs et les aligne sur la table de la cuisine. C'est une petite partie de l'argenterie léguée par ma tante qui n'avait pas eu d'enfant. Cette collection comprend une ménagère de couteaux et fourchettes, divers articles de table et plusieurs sortes de bougeoirs. L'argent terni imprime quelques traces noires sur mes doigts quand je le touche. Je ne suis pas censée les nettoyer par une journée aussi humide, mais quand il fait beau, j'ai du travail qui m'attend à l'extérieur. Même si le temps n'est pas idéal, mieux vaut le faire que de ne rien faire. La pâte à polir et des morceaux de tissu. Aujourd'hui, je ne ferai que les bougeoirs. Si je devais nettoyer toute la collection, cela représenterait trop de travail, alors je le fais petit à petit, comme on réalise un tricot. Ah, le pot de pâte à polir est presque vide.

C'était il y a longtemps maintenant... quand ma fille avait l'âge de Mai, non, non, elle était un peu plus âgée. Oui, parce qu'elle avait déjà quitté la maison. Ça me rappelle un souvenir. Elle était rentrée à la maison complètement épuisée, à bout de forces, exactement comme la petite mésange qui, malgré tous ses efforts, n'a pas réussi à extraire sa patte du piège. Je ne m'y attendais pas du tout. J'avais préparé beaucoup de soupe aux navets, assez pour plusieurs jours, et je pensais en avoir trop fait, mais finalement ça tombait bien. Pendant qu'elle prenait son bain, j'ai sorti toute l'argenterie et je l'ai posée sur la table – là encore, ça tombait bien, la collection avait noirci et avait besoin d'un bon coup de chiffon. Quand elle est sortie de la salle de bains, je lui ai demandé si elle voulait m'aider. Elle a eu l'air un peu surprise, mais elle s'est assise à la table sans rien dire et nous avons commencé à nettoyer en silence.

Quand on l'oublie un peu, l'argenterie ternit aussitôt. Il faut parfois prendre le temps de la choyer. Heureusement que tu es là. Papa n'est pas très doué pour ça. A part ces quelques mots que j'ai murmurés, nous n'avons pas vraiment parlé.

C'était une soirée d'automne. Les insectes stridulaient dehors. Nous avons poli chacune des pièces de l'argenterie dans le calme le plus total. Je sentais son cœur un peu plus apaisé chaque fois qu'elle en terminait une. Nous avons frotté jusqu'à plus de minuit, sans en oublier une seule. Il n'y avait plus la moindre petite tache. L'argenterie brillait d'un si bel éclat que nos visages s'y reflétaient. C'était magnifique à voir. C'est rare d'éprouver un tel sentiment d'accomplissement, a-t-elle fini par dire avec un sourire heureux. Un cœur meurtri ne guérit pas facilement, mais ce genre de tâche simple, que l'on exécute de la même manière depuis des temps anciens, nous remonte le moral, à la manière d'une vieille amie. Même si les blessures demeurent, elle nous calme, apaise l'inflammation.

Tiens ! Je ferais mieux d'écrire la recette de la pâte à polir.

Je sors mon carnet de *Notes de la vie quotidienne* où je consigne des recettes et toutes sortes de choses, et je laisse courir mon stylo sur la page.

Recette de la pâte à polir pour l'argenterie

Couper un savon à lessive en petits morceaux. Verser 50 centilitres d'eau bouillante, mélanger soigneusement. Garder un œil sur le mélange qui, en refroidissant, doit avoir la consistance de la gelée : en fonction de la taille du savon utilisé, ajouter de l'eau bouillante. Ajouter petit à petit du gofun (du carbonate de calcium, en anglais) que l'on peut acheter dans un magasin de fournitures d'art. Battre le mélange au fouet pour le faire mousser, jusqu'à obtenir la consistance de la crème chantilly. Le verser dans un bocal à confiture. Coller aussitôt une étiquette dessus (Ne pas manger, par exemple). La pâte se conserve plusieurs années. Prélever un peu de pâte à l'aide d'un morceau de flanelle humidifié avec de l'eau et polir l'argenterie. Rincer à l'eau chaude, essuyer aussitôt.

Je me relis en me demandant si les explications sont assez claires. Une violente bourrasque souffle tout à coup, faisant vibrer les murs de la maison, comme lors d'un typhon. Et aussi subitement qu'elle a commencé, la pluie s'arrête. J'en reste comme deux ronds de flan.

Oh ! C'est dans un moment comme celui-ci qu'un arc-en-ciel apparaît.

Je vais retourner sur la colline adresser une prière à l'arc-en-ciel.

Je me dépêche de sortir. En chemin, je jette un coup d'œil à la branche sur laquelle j'ai déposé l'oisillon. Il ne s'y trouve plus. J'espère sincèrement qu'il a pu trouver refuge dans un endroit plus sûr.

Je ne suis pas encore arrivée en haut de la colline que je suis déjà trempée jusqu'aux chevilles. Il flotte encore un parfum d'été. Le soleil perce à travers les nuages, faisant resplendir le monde. Le bois, pourtant baigné de lumière, n'offre plus le même visage qu'en été. C'est une lumière tamisée. Deux petits arcs-en-ciel m'attendent, comme je l'espérais.

Ma fille et la fille de ma fille sont sous ce même ciel. Dans un nouvel environnement. Choisir un nouveau chemin, et avancer sur ce chemin, n'est pas chose aisée quand les forces physiques et mentales ne sont pas en équilibre. Mais parfois, bien qu'ayant conscience de ce déséquilibre, il arrive que l'on n'ait pas d'autre choix que d'avancer. Le temps s'écoule irrémédiablement.

Malgré tout, je prie.

Pour qu'elles puissent surmonter ces épreuves.

L'un des pieds des arcs-en-ciel semble toucher le coin aux *ginryôsô*.

Au plus profond de l'esprit de cette enfant réside paisiblement quelque chose de solide. De pur et beau. Son grand-père l'avait aussi. Une chose solitaire qui ne dépend de rien ni de personne, bien loin des réalités de ce monde, mais qui, tout comme les *ginryôsô*, est aussi un produit de la terre qui décompose et dissout toute chose. Quelque chose comme un témoignage, une manifestation de la difficulté de vivre. Faites qu'elle ne soit jamais détruite. Faites que partout où cette petite aille, de petits miracles comme cet arc-en-ciel se produisent et lui montrent la voie.

Un dernier travail, avant le coucher du soleil. Déterrer quelques pieds de lis-crapauds bourgeonnants. Les apporter au sanctuaire de Mai. *Mai Sanctuary*. Cette fleur ne s'enracine pas facilement et le temps demeure instable, mais si je profite de l'une de ces brèves accalmies pour la planter aussi vite que la foudre tombe, alors elle se sentira à nouveau dans son élément et prendra racine comme si elle s'était toujours trouvée là. Creuser un trou, mettre le rhizome en terre comme on formule une prière. Etait-ce ainsi qu'il avait fait, lui aussi ? Quand il m'avait laissé les fraises sauvages entre les herbes, comme pour les cacher ?

Je m'arrête, je vais m'asseoir sur la chaise-souche et me couvre le visage des mains. De tendres pensées m'envahissent, déferlent dans mon corps à la manière d'une vague, m'arrachent un sourire. Je regarde autour de moi. Je suis satisfaite de mon œuvre. Le crépuscule teinte l'espace entre les arbres d'une douce couleur sépia. Une autre journée est sur le point de s'achever. Et mon dernier travail du jour est terminé. Il y aura toujours ici quelque chose pour mettre du baume au cœur, quelle que soit la saison.

Au début du printemps, les perce-neige soulèveront la terre gelée. Lorsque le printemps battra son plein, le tapis d'iris du Japon qui borde la frontière sera en fleur. Il faudra que je prévienne Genji, la prochaine fois que je le verrai. De faire attention à ne pas les abîmer quand il creusera pour ramasser les pousses de bambou. Puisque j'ai pris la peine de les planter. On ne dirait pas comme ça, mais il est plutôt délicat avec les fleurs. Ce qui réglera par la même occasion cette histoire de frontière. Les campanules, logis des fées, feront leur apparition au début de l'été, semblant rire à l'évocation d'un souvenir. Au plus fort de l'été, les vrilles des clématites d'un blanc pur et frais s'entremêleront entre les arbres, formant une toile de dentelles en face de la chaise-souche. Puis les éginéties, les fleurs fantômes de la forêt, commenceront à pointer au pied de l'herbe à éléphant, annonçant la fin de l'été. Les clochettes des campanules oscilleront sous la brise automnale. Les vigoureux chrysanthèmes éclateront en une floraison spectaculaire entre l'automne et l'hiver. Et quand soufflera le vent du nord, les fruits rouge vermillon des trichosanthes recouvriront comme un rideau de lampions le sombre mur de bambous qui borde le sanctuaire. Les fruits rouges des ardisias dans le sous-bois réchaufferont le paysage dans le froid de l'hiver.

Et dans bien des années, quand la petite aura grandi et que le moment sera venu pour elle de revenir ici, une douce brise descendue du ciel se faufilera entre les arbres, faisant frémir cimes et feuilles, et susurrera au creux de son oreille. Les mots que son cœur désirera le plus entendre à cet instant.

Je suis sûre qu'elle les entendra.

Postface

Il est indiqué, à la fin de l'exemplaire de *L'Eté de la sorcière* que j'ai en main, que la première publication date du 19 avril 1994. Comme le manuscrit existait déjà au moins deux ans avant cette date, vingt-cinq ans, soit un quart de siècle, se sont écoulés depuis que je l'ai achevé.

J'ai été profondément touchée par le fait que nous puissions à nouveau le publier avec une couverture simple, en accord avec cette œuvre modeste. Je suis également très émue d'avoir pu ajouter d'autres parties, comme le monologue de Grand-mère, que je n'aurais pu écrire il y a vingt-cinq ans même si j'avais une vague idée, à l'époque, de la direction à prendre.

Il n'a jamais été aussi difficile qu'aujourd'hui de vivre simplement, de vivre une vie simple et sincère.

La société a de plus en plus tendance à se diviser en groupes, à rechercher des leaders qui parlent d'une voix forte, à exclure ceux qui sont différents. La sincérité de la pensée individuelle est bien souvent raillée, parfois même considérée comme dangereuse.

Ce livre, je le regardais à l'époque avec une certaine appréhension en me demandant à qui il pourrait être utile, à part à moi-même et aux femmes ayant une nature similaire à la mienne. Maintenant que j'ai presque l'âge de la grand-mère de Mai, c'est avec sérénité que je le vois être à nouveau publié et partir pour un autre voyage. Bon vent !

Qu'il parvienne à ceux qui en ont besoin, hommes ou femmes, jeunes ou vieux, qu'il les accompagne, les soutienne et les encourage du mieux qu'il peut.

Nous n'avons pas besoin de parler d'une voix forte, nous pouvons tout à fait parler et communiquer avec une petite voix.

Que ce livre leur chuchote ce message.

Nashiki Kaho, 2017.

Imprimé en France par
CPI Bussière
en mars 2024
N° d'impression : 2077362
Dépôt légal : janvier 2024